DALAT

Sanatorium de l'Indochine française

La Chasse au Lang-Bian

NOUVEAU GUIDE ILLUSTRÉ

PAR

PIERRE BOUVARD — *Professeur*

F. MILLET — *Garde Général des Forêts*

BERGERAC

IMPRIMERIE GÉNÉRALE DU SUD-OUEST (J. CASTANET)

Place des Deux-Conils

1920

A Son Excellence

Monsieur Maurice LONG

Gouverneur Général de l'Indochine Française

A Monsieur Ernest OUTREY

Député de la Cochinchine

Délégué du Cambodge au Conseil Supérieur des Colonies

BOUVARD. F. MILLET.

SAIGON. — PALAIS DU GOUVERNEMENT GÉNÉRAL

Cl. Touring-Club.

LE LANG-BIAN

joyau touristique de l'Indochine française

L'INDOCHINE française est encore de nos jours peu connue des touristes qui entreprennent de grands voyages vers l'Orient lointain et fabuleux. La France y développe cependant depuis un demi-siècle tout le confort de la civilisation moderne, et les territoires qu'elle administre constituent un véritable joyau parmi les perles touristiques si vantées aux voyageurs.

L'Indochine française est aussi riche en monuments grandioses, en

THE LANG-BIAN

touristic gem of French Indu-China

THE tourists who undertake long journeys to the fabulous far East know very little about Indu-China until nowadays. Yet, since half a century, France is developing there all the comfort of modern civilisation, and the territories administered by France form a real gem among the touristic pearls so much praised to travellers.

French Indu-China is as rich in grand monuments, in picturesque sites, in marvellous panoramas, in

sites et panoramas merveilleux, en climats divers, peuplades curieuses et terrains de chasse fameux que l'Inde, le Japon, les Philippines, Java ou l'Afrique tropicale. Ses temples, en partie ruinés, malheureusement, sont aussi imposants et aussi admirables que les plus fameux de Bénarès, ou de Birmanie. Ce sont les ruines d'Angkor au Cambodge, et les Tombeaux des Empereurs d'Annam à Hué. Ses côtes admirablement variées présentent des fiords sauvages, comme la Baie d'Along au Tonkin, ou des golfes semés d'îles verdoyantes, comme l'est toute la côte du Cambodge.

Ses montagnes, d'un pittoresque unique, avec les fraîches cascades des rivières, ou les imposantes chutes des fleuves, sont riches en sublimes panoramas. Couvertes de profondes forêts vierges ou tapissées d'abondante brousse, elles constituent des terrains de chasse comparables à ceux de l'Afrique. Elles abritent en effet des éléphants, des tigres, des panthères, des bœufs et buffles sauvages et les derniers représentants de l'auroch qui existent au monde.

L'Indochine française est, à un autre point de vue, le véritable carrefour des races et des civilisations de l'Asie et de l'Insulinde. Côte à côte presque, vivent des Cambodgiens imbus de pur boud-

diverse climates, in curious nations and famous hunting territories, as India, Japan, Philipine islands, Java or tropical Africa.

Its temples, although partly ruined, are as imposing and admirable as the most famous of Bénarès or Birmany. We are talking of the Ruins of Angkor in Cambodge and the Tombs of the Emperors of Annam at Hué. Its admirably varied shores show us savage fiords like the Roadstead of Along in Tonkin, or gulfs with green islands, just as on the shore of Cambodge.

Its higly picturesque mountains with the fresh cascades of the rivers or the imposing falls of the streams are rich in magnificent panoramas. They are covered with deep virgin forests or with thick bushes and offer hunting territories like those of Africa. In fact, elephants, tigers, panthers, wild oxen or buffalos and the last specimens of aurochs that are still existing fiud shelter there.

In another point of view, French Indu-China is the very crossroad of the tribes and of the civilisations of Asia and of Insulinde (Dutch Indies). You can see there nearly side by side Cambodians imbued with pure boodhism, Annamits hesitating between confuceism, catholicism or free-thinking, Japanese, Chinese of any religion, Maltese,

dhisme, des Annamites hésitant entre le confucéisme, le catholicisme ou la libre-pensée, des Japonais, des Chinois de toutes congrégations, des Malais, des Indous mahométans, des Laotiens, des représentants des antiques tribus Moï, Thây, ou Cham *(pr. tiàm)*.

Mahometan Indues, Laotians, representants of the ancient tribes Moï, Thay or Cham *(pr. tiàm)*.

Saïgon, the « Pearl of the Far-East » economical capital of french Indu-China offers to travellers in search of something original the sight of sô many unknown tribes brought together, with varied manners, in the marvellous scenery of its streets, its shades and its palaces.

TROPHÉES RÉUNIS APRÈS UNE SEMAINE DE CHASSE AU LANG-BIAN

Saïgon, la « Perle de l'Extrême Orient », capitale économique de l'Indochine française, offre au voyageur en quête d'inédit le condoiement extraordinaire de tant de races inconnues, aux mœurs si variées, dans le merveilleux décor de ses rues, de ses ombrages et de ses palais.

This great city, so much French-like in aspect and hospitality, becomes the most important tourism-centre of the Far-East. There, the two great touristic currants have to meet : the currant of Europe

Cette grande ville d'aspect et d'accueil si français devient le centre de tourisme le plus important d'Extrême-Orient. C'est le point de relai nécessaire au croisement des deux grands courants touristiques mondiaux: courant de l'Europe par l'Inde et Java ; courant des Etats-Unis d'Amérique par la Chine, le Japon et les Philippines. Aussi Saïgon est-il en relations rapides et suivies avec Singapour (2 j.) Bangkok (1 j. 1/2) Manille (4 j.) Batavia (4 j.) Hongkong (4 j.) Shanghaï (8 j.) Yokohama (15 j.) Vancouver et San-Francisco (20 à 22 j.).

De ce point d'arrivée, riche de tout le confort moderne, le touriste rayonne aisément sur toute l'Indochine Les Ruines d'Angkor sont à 2 jours seulement de voyage, et les terrains de chasse du Lang-Bian à moins d'une journée de Saïgon. Le Centre-Annam, avec les grottes de marbre de Tourane et les Tombeaux des Empereurs à Hué, ne se trouve qu'à 2 jours de mer, ou 3 jours de voyage par terre. De Hué, le touriste gagne facilement le Tonkin en deux jours de bateau, ou de voie ferrée, et il peut, après avoir admiré la Baie d'Along, aller jusqu'au cœur de la Chine par le prestigieux Chemin de fer du Yunnan.

En attendant l'achèvement du Trans-Indochinois, des services automobiles utilisant l'ancienne route

through India and Java ; the currant of the United States of America through China, Japan, and Philippine islands. Saïgon has therefore frequent and quick connections with Singapore (2 days), Bangkok (1 1/2 d.) Manila (4 d.) Batavia (4 d.) Hongkong (4 d.) Shanghaï (8 d.) Yokohama (15 d.) Vancouver and San-Francisco (20 to 22 d.).

From this spot so rich in modern comfort, the tourist easily travels through all Indu-China. The Ruins of Angkor are but at 2 days distance, and the hunting territories of Lang-Bian at less than one day from Saïgon. You may reach by water in 2 days, or by land in 3 days the Centre-Annam with its Marble-Grotts of Tourane and the Tombs of the Emperors at Hué. From Hué, the tourist reaches easily the Tonkin in 2 days by ship or railway, and after admiring the Roadstead of Along he can go to the heart of China by the splendid Yunnan-railway.

The whole journey through French Indu-China which offers such a marvellous touristic trip can very well be done by motor-car-services using the ancient mandarine road before the Trans-Induchinese railway is achieved. The principal halting-places of the touristic journey, the richest in everlasting remembrances, are Saïgon, Pnompenh,

mandarine permettent de mener à bien cette merveilleuse randonnée touristique qu'est le tour complet de l'Indochine française.

Saigon, Pnompenh, Angkor, Dalat, Tourane, Hué, Haïphong, Hanoï, Yunnanfou, telles sont les principales étapes du record touristique le plus riche de souvenirs impérissables qui soit au monde.

Certes, les amateurs du « Best in the World » apprécient avant tout les ruines d'Angkor et le Lang-Bian, parce que la saison des voyages à Angkor coïncide précisément avec les mois les plus agréables du séjour au Lang-Bian, de décembre à mars.

Mais le Lang-Bian, sujet principal de ce guide, intéresse au plus haut degré le touriste indochinois qui veut bien connaître sa patrie d'adoption, et l'Européen exténué par le climat tropical. Les habitants du Sud-Annam, de la Cochinchine, du Cambodge, du Siam, de la Péninsule Malaise, privés de la fraîcheur d'un hiver, si court soit-il, trouvent au Lang-Bian le climat idéal pour reprendre force et santé. Ceux du Nord-Annam et du Tonkin fréquentent également la station de Dalat que les efforts prolongés du Gouvernement de l'Indochine ont fait surgir des solitudes de la forêt.

Dalat, — qu'il ne faut pas confondre avec Darlac, — rivalisera Angkor, Dalat, Tourane, Hué, Haïphong, Hanoï, Yunnanfou.

Those who are fond of « The Best in the World » certainly appreciate above all the Ruins of Angkor and the Lang-Bian, the travelling season to Angkor falling just in the most agreable months for a sojourn in Lang-Bian, from december to march. But the Lang-Bian, principal subject of this « Guide », offers the highest interest as well to the Induchinese tourist, who wants to know thoroughly his fatherland of adoption, as to the European weakened by the tropical climate. The inhabitants of Southern-Annam, of Cochinchina, Cambodgia, Siam, and of the Maltese peninsula, who never enjoy a winter coolness, fiud at Lang-Bian the very climate to take up again strength and health. Those of Northern-Annam and of the Tonkin go also to the Dalat station erected by the laborious Government of Indu-China from the middle of the forest.

In a short time, *Dalat*, — not to be taken for Darlac, — will be as famous as are already the universally renowned stations of Baguio in the Philippines, Simla and Darjeeling in India. The mildness and the wholesomeness of the climate, the modern comfort of its lodgings, the curious charm of its « season », the renown of its huntings and fine

sous peu avec les stations universellement réputées de Baguio aux Philippines, de Simla et Darjeeling dans l'Inde. La douceur et la salubrité de son climat, le confort moderne de ses installations, le piquant attrait de sa « season », la renommée de ses chasses et de ses sites uniques, tout cela contribue à embellir une réputation justifiée par tant d'avantages naturels.

Dalat s'élève au centre du plateau du Lang-Bian, à 250 km. à vol d'oiseau, au Nord-Est de Saigon. En réalité, il faut compter 340 km. par la voie ferrée Saigon-Malam et la route Malam-Djiring d'une part, ou 450 km. par la voie ferrée Saigon-Malam-Tour Cham-Krongpha. et la route Krongpha-Dran-Dalat. Mais la magnifique rade de Camranh, avec son port de Bangoï est le débarcadère le plus rapproché du Lang-Bian. Bangoï ne se trouve qu'à 170 km., par la voie ferrée et la route, de Dalat. Aussi pourrait-il devenir l'escale naturelle des grandes lignes touristiques trans-océaniques et demeurer le débarcadère préféré des touristes venant du Tonkin et de l'Annam par les bateaux annexes des Messageries Maritimes.

Le Lang-Bian est un vaste plateau onduleux d'environ 300 kmq, d'une altitude variant de 1400 à 1550^{m}. Il est coupé par le 108e degré de longitude Est, et le 12e degré de lati-

sites, all that sets off the more its natural beauties.

250 km. as the crow flies N.-E. from Saïgon, on the table-land of Lang-Bian, rises Dalat. In fact, you have to travel 340 km. by the railway Saïgon-Malam and the road Malam-Djiring on one part, or 450 km. by the railway Saïgon-Malam-Tour Cham-Krongpha, and the road Krongphá-Dran-Dalat. But the nearest landing-place of Lang-Bian is the splendid roadstead of Camranh with its harbour Bangoï. Bangoï is at only 170 km. by railway and road from Dalat. It could therefore become the natural calling of the great touristic transocéanic lines and remain the landing-place prefered by the tourists coming from Tonkin and Annam by the Steamship C°.

The Lang-Bian is a wide wavy table-land of about 300 km. q. ; the altitude of which is from 1400 to 1550 m. It is cut by the 108° longitude East and the 12° latitude North. The fine peaks of the Lang-Bian border it at the North andoverlook it by their 2.200 and 2.400^{m} height, while grassy and woody paps stretch endless in a chaotic manner. It is to the difficulties of access that the Lang-Bian owes its name, the two words of Lang-Bian meaning to the natives : disinherited or cursed. The Annamits of the shore

tude Nord. Au nord, les cinq pics du Lang-Bian le limitent et le dominent avec leurs 2200 et 2400^{m} d'altitude, tandis que dans les trois autres directions, les mamelons herbus ou boisés se dispersent de façon chaotique, à l'infini. Cet aspect confus et désordonné autant que les difficultés d'accès se trouvent cristallisés en quelque sorte par les deux syllabes de Lang-Bian, qui signifient pour les indigènes : deshérité, maudit. Les Annamites de la côte redoutent en effet les ascensions en pays montagneux ; et les Moïs de la région gardent pour les pics un respect superstitieux, lequel a préservé heureusement de l'incendie la profonde forêt vierge adornant leur flanc abrupt. Il n'en est plus de même des magnifiques forêts de pins qui couvraient jadis tous les mamelons herbus aujourd'hui si monotones. L'habitude in-

LES PICS DU LANG-BIAN VUS DE LA ROUTE DE DRAN

are in fact afraid of ascending mountainous countries ; and the Moïs of the region have a superstitions respect for peaks, thanks to which the deep virgin forest that adorns their steep flank has happily kept them from fire. It is not the same with the splendid pine-woods that formerly covered all the grassy paps, to-day so monotonous. As the Moïs use to carry on the systematic fire destruction of bushes during the dry season, from time to time some parts of forests are still destroyed. Thanks to the French Government's efforts, wide dark green extents reminding you of the Vosges and the Alps are a delight to the eye

vétérée des Moïs d'incendier la brousse en saison sèche détruit encore de loin en loin quelques pans de forêts. Grâce au zèle persévérant de l'administration française, de grandes étendues vert

UNE JEUNE BEAUTÉ MOÏ

Cl., mis. Cin.

and perfume the air. Superb waterfalls in curious and wild sites, groups of primitive Moïs scarcely dressed complete the rude charm of this landscape unique in the world. What a contrast between the simplicity and rudeness of their manners and twenty centuries of progress ! and what a charm to the traveller to find again traces of vanished civilisations ! The Tours Cham of Phanrang and of Phantiêt are amongst the finest and are easy to be visited during the journey.

The wholesome climate and the huntings unique in the world, still more than the marvellous panorama of the heights much invite the European to visit the Lang-Bian. The scientific tourism too finds in this region everything wanted by his curiosity. Geographers, geologists, doctors, hydrologists, naturalists can make higly interesting discoveries.

Unhappily until now very clever learned men have not been able to study thoroughly this rich country. The Lang-Bian remains still partly unknown and barren, 20 years after having been revelated to the public.

After a few observations made, a clear table may be drawn of the

sombre rappelant les Vosges ou les grandes Alpes enchantent les yeux et embaument l'air. De superbes cascades dans des sites étranges et sauvages, des groupes de Moïs primitifs et très sommairement vêtus complètent l'agreste charme de ce paysage unique au monde. La simplicité et la rudesse des mœurs primitives coudoyant vingt siècles de progrès ! Quels contrastes ! et quel attrait pour le voyageur de retrouver des vestiges des civilisations évanouies ! Les Tours Cham de Phanrang et de Phantiêt sont parmi les plus beaux restes, et sont faciles à visiter durant le voyage.

Le climat bienfaisant et les chasses uniques au monde, plus encore que le panorama merveilleux des cimes invitent énergiquement l'Européen au Lang-Bian. Le tourisme scientifique a enfin dans cette région un champ vaste et tout neuf ouvert à sa curiosité. Géographes, géologues, médecins, hydrologues, naturalistes peuvent faire des découvertes du plus haut intérêt.

Jusqu'ici malheureusement les savants dignes de foi et suffissamment outillés n'ont pu encore étudier complètement ce riche pays. Le Lang-Bian demeure en grande partie inconnu et stérile, vingt ans après qu'il a été révélé au public. Cependant, d'après les quelques observations qui ont été faites, il

niming, agricultural and industrial wealths hidden there. The neighbourhood of the safe haven of Bangoï and of the coast-railway would allow the improvement to be prosperous. The still insufficiant hand-labour may be increased as much as wanted by the help of the over

CASCADE DE PRENN AUX ENVIRONS DE DALAT
Cl. Decolly.

peopled regions of Annam and Tonkin.

The ores of iron, lead, zinc, copper and tin are to be found everywhere, and often in great quantities. You can also frequently seethere silver-mixed-lead and slate-quarrier schist. Mineral waters, precious metals, perhaps even petroleum may be discovered and improved.

As for the agricultural wealth the ground of the very Dalat-Dankia table-land is not very fertile ; but with adapted manure, magnificent

est possible de tracer un rapide aperçu des richesses minières, agricoles et industrielles qu'il recèle. L'exploitation raisonnée et prospère en serait grandement facilitée par le voisinage du port très sûr de Bangoï et des voies ferrées de la côte. La main-d'œuvre encore insuffisante, peut s'augmenter autant qu'on le voudra par l'appel fait dans les régions surpeuplées de l'Annam ou du Tonkin.

Les minerais de fer, de plomb, de zinc, de cuivre et d'étain existent un peu partout, parfois très riches. Le plomb argentifère, les schistes ardoisiers sont également fréquents. Les eaux minérales les métaux rares, le pétrole peut être, sont susceptibles d'être découverts et exploités.

Au point de vue agricole, le sol du plateau de Dalat-Dankia proprement dit est peu fertile ; mais avec des engrais appropriés, la culture potagère donne des produits magnifiques, d'autant plus appréciés qu'ils valent à tous points de vue les produits similaires d'Europe. Agriculture, horticulture et élevage seront très rémunérateurs soit par suite des besoins de la station, soit pour la vente dans les villes de la plaine où ces produits sont fort appréciés.

Les plateaux secondaires de Djiring-Dran au Sud, et du Darlac au Nord et leurs contreforts, presque

vegetables and fruits may be obtained, the more appreciated because of their likeness to those of Europe.

Agriculture, horticulture and breeding will be very advantageous as well for the needs of the station as for those of the towns in the plain where people are fond of these products

The secondary table-lands of Djiring-Dran in the South, and Darlac in the North with their counterforts consisting especially in « red sands » prove very successful in the culture of trees, such as : coffee, tea, cocoa, quinquina, etc. Situated in the average altitude of 800 to 1.000 m, they offer agreable conditions of sojourn notwithstanding the marsh-fever and telluric influences of an often tiring climate.

The great industry and the less important one will easily find the moving-strength in the imposing water falls of which we give some photos. It may be advantageous to Indu-Chinese capitalists to establish there electric traction, electro-metallurgy, light, and a lot of small industries.

Southern Indu-China would easily find there the complement wanted to its development, until now nearly agricultural. The extension of the French settlement and of the Annamits are in great want of cultivating the riches of the Mountain,

exclusivement composés de « terres rouges », sont éminemment favorables aux cultures arborescentes : café, thé, arbre à cacao, à quinquina etc... Situés entre 800 et 1000^{m} d'altitude, en moyenne, ils offrent des conditions agréables de séjour, malgré le paludisme et les influences telluriques d'un climat souvent pénible.

La grande et la moyenne industrie trouveront aisément de la force motrice dans les imposantes chutes d'eau dont nous donnons quelques photographies. Traction électrique, électrométallurgie, éclairage et nombre de petites industries peuvent être installés avantageusement pour le plus grand profit des capitalistes indochinois.

L'Indochine du Sud trouverait là le complément indispensable à son développement, demeuré jusqu'ici presque uniquement agricole. L'expansion de la colonisation française et celle du peuple annamite ont un pressant besoin d'exploiter les richesses de la Montagne, de connaître les bienfaits de son climat si sain et si fortifiant et d'y recourir aussi souvent que possible. L'harmonieuse association des richesses de la Plaine, — ouvrant les routes de la Montagne, — et du climat fortifiant de l'altitude, — ce stimulant d'énergie humaine, — réalisera les progrès merveilleux que l'on peut attendre de l'une des plus riches contrées du globe.

of knowing the profits of its climate so wholesome and fortifying and of going there as often as possible.

The harmonious association of the riches of the Plain-opening the roads of the Mountain-together with the healthy climate of the heights stimulant to humane energy-must give the marvellous improvings you may expect of one of the richest countries in the world.

LE CAMLY ET LE MAMELON OUEST DE DALAT

Cl. Décolly.

UN ASPECT DES FORÊTS DU LANG-BIAN — Cl. Décolls

LE LANG-BIAN

Sanatorium Indochinois

Les premiers explorateurs du Lang-Bian, et notamment M. le Docteur Yersin, en 1897, furent émerveillés par ce site, qui offrait tant de similitude avec des paysages d'Europe. La pureté de l'air, l'absence des moustiques, la température très agréable, leur parurent tout à fait favorables à la guérison des coloniaux si éprouvés par le climat torride des plaines. Aussi

THE LANG-BIAN

As a Sanatorium for Indu-China

The former explorers of the Lang-Bian, more especially Dr Yersin in 1897 were amazed at the likeness of its site with the european landscapes. The purity of air, lack of mosquitoes, agreable temperature, seemed to them very favorable to the tired system of colonials, already weakened by the torrid climate of the plain. Therefore you will understand that the Lang-Bian

proposèrent-ils immédiatement le plateau du Lang-Bian comme très propice à la construction d'un bon sanatorium. Les vastes projets préparés sous le gouvernement de M. Doumer, qui fut le premier à songer à y installer un sanatorium, furent partiellement réalisés par les administrateurs Ernest Outrey, Léon Garnier et Cuhnac et par les Commandants Thouard et Guynet qui ouvrirent les premières routes d'accès et y édifièrent les premières constructions ; mais tous ces efforts furent abandonnés sous les gouverneurs qui succédèrent à M. Doumer pour être repris et activement poussés ensuite par les Gouverneurs Roume, Albert Sarraut et Maurice Long. Si actuellement la station de Dalat n'est pas encore complètement installée, elle rend, telle qu'elle est, les plus grands services à la colonie et sa réputation dépasse les frontières de l'Indochine française.

Le Lang-Bian répond, en effet, à toutes les exigences d'un bon sanatorium sous les tropiques, à cause de son altitude et de son voisinage suffisant de la mer. La côte est en effet à moins de 80 km. à vol d'oiseau à l'ouest et au sud. De plus, l'habitabilité du plateau est très satisfaisante : la configuration du sol, sa fertilité appréciable et la salubrité générale de toute la région en font un milieu bien supérieur à

table-land was pointed out by the said explorer as meeting all the requirements of a good sanatorium. The great plans prepared under the government of Mr Doumer, who was the first to think of establishing a sanitarium, were realised in part by the administrators Ernest Outrey, Léon Garnier and Cunhac and by the majors Thouard and Guynet who opened the first ways af access and who erected there the first buildings. All these endeavours were abandoned under the Governors who succeded Mr Doumer and were taken up again and then actively carried on by the Governors Roume, Albert Sarraut and Maurice Long.

If just now the Dalat station is not yet quite organized, such as it is it renders the greatest services to the colony, and its fame spreads over the French Indu-China frontiers. The Lang-Bian fulfills the requirements of a tropical sanatorium because of its height and its vicinity of the Sea. The coast is in fact at less than 80 km. as the crow flies-to West and South .

Moreover, living on the table-land gives in every way satisfaction : the shape of the ground, its fairly great fertility and the generally healthy state of the region render it by far preferable to the sickly and overheated vales. Go-

celui des plaines surchauffées et malsaines. L'expérience des séjours prolongés des fonctionnaires de Dalat est suffisamment démonstrative à cet égard ; de plus sous ce climat, le développement normal des enfants et des adolescents se poursuivra d'une façon parfaite, dès que les installations nécessaires seront réalisées.

Altitude. — L'altitude suffisante est la condition *sine qua non* sous les tropiques pour retrouver une température plus fraîche, une pression atmosphérique plus modérée, et pour éviter les moustiques propagateurs du paludisme. Ces différents avantages ne sont réunis qu'à partir de 1400^{m} sous les faibles latitudes ; au dessous de 1400^{m}, le paludisme règne quelquefois avec plus de violence que dans la plaine. Les célèbres stations sanitaires de Simla, de Darjeeling, dans l'Inde, de Baguio, aux Philippines, sont situées à des altitudes variant de 1800 à 2200^{m}, en conformité avec ces observations scientifiques. Dalat est très heureusement situé à ce point de vue, à 1500^{m} en moyenne, ce qui y rend toutes les saisons agréables, sans jamais présenter de températures trop basses D'après les observations météorologiques faites assez régulièrement de 1898 à 1911, l'ensemble des conditions climatiques se rapproche très sensi-

vernment officers having sojourned at Dalat for a long time eloquently testify of the healthy conditions enjoyed there, and we may be permitted to hope that a normal development of youth will be possible under this climate, as soon as the necessary accomodation will be provided.

Altitude. — An indispensable condition to a cooler weather, more moderate atmospheric pressure and in order to avoid marsh-fever under the tropics is sufficient altitude. In such sultry climes, as Indu-China, those various advantages are obtainable from 1.400^{m} ; under that height marsh-fever prevails and often proves to be more dangerous than in the plain. The best proof of it is to be found in the instance of the sanatoria of Simla and Darjeeling, in India, Baguia in the Philippine Is lands, at altitudes varying betwee 1.800 and 2.200^{m}. From that stand point, the situation of Dalat is deci dedly a favourable one, 1.500^{m} being its average altitude. Thenc the pleasantness of all the season there at any time bare of coldness According to the meteorologic observations, made with fairly gre regularity from 1898 to 1911 t climateric condition are on t whole on a par with those of t mediterranean regions, save of co

blement de celles des régions méditerranéennes, sauf, bien entendu, en ce qui concerne les précipitations d'eau, plus nombreuses et plus abondantes.

Température. — Si l'on s'en rapporte à la moyenne annuelle, qui est de 18° 33, à la moyenne de l'été, 19° 6, et à celle de l'hiver, 16° 04, on est frappé d'une régularité à peu près constante, éminemment convenable à des malades. Cependant, il y a, durant la saison sèche, des écarts assez considérables entre le maximum diurne et le minimum nocturne, comme l'indiquent les graphiques suivants, qui

se for more numerous and heavier showers of rain.

Temperature. — Judging from the yearly, summer and winter averages standing respectively at 18° 33, 19° 6, 16° 4, one is struck by an almost permanent regularity quite propitious to sufferers. Yet, in the course of the dry season, some wide differences are observed between the maximum of the day and the minimum of the night.

From january to march, the highest temperature recorded is 30° while the lowest one reaches —2°, such differences being sometimes obtained in the same day. This may

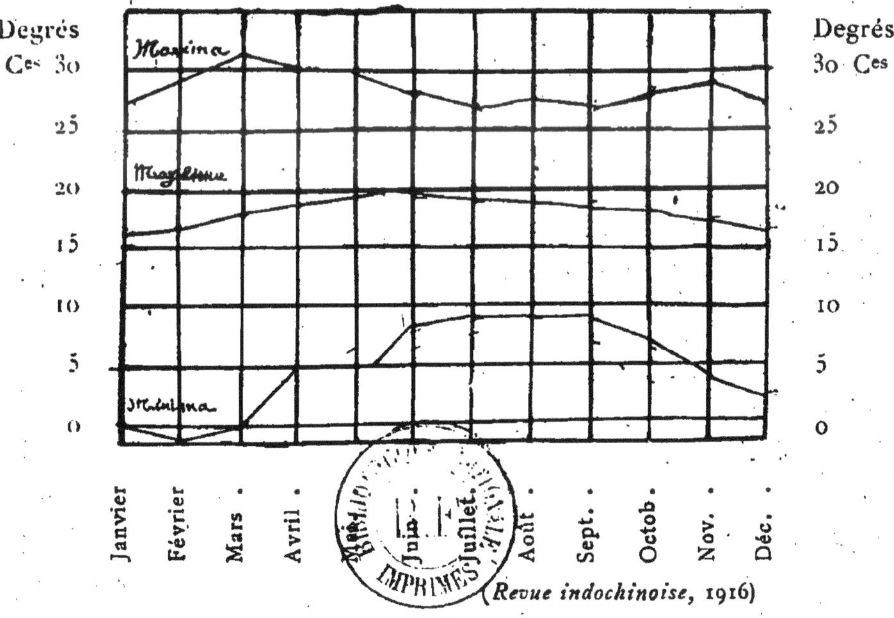

(*Revue indochinoise*, 1916)

sont très sensiblement identiques à ceux de Dalat.

C'est de janvier à mars que l'on observe les plus hauts maxima (30°) et les plus accusés minima (2°) parfois dans la même journée. Cela peut être une gêne pour les malades, mais non un danger, et, pour des gens bien portants, cette différence de température n'est pas trop sensible. Le froid, se produisant la nuit, n'est pas à redouter ; de plus, c'est un froid sec, très sain, agréable même à éprouver.

Pression atmosphérique. — La pression atmosphérique reste toujours bien inférieure à la normale ; elle est seulement de 644m/m en moyenne, ce qui procure immédiatement une sensation de soulagement et d'aisance dans tous les mouvements. L'accélération respiratoire est sensible ; comme l'air est sec, il contient plus d'oxygène et moins de vapeur d'eau par litre, et il s'ensuit que la régénération des globules sanguins est plus active et plus parfaite.

Hygrométrie. — L'état hygrométrique est toujours plus faible que dans la plaine, même en saison humide, variant entre 66 et 80 ; tandis qu'en saison sèche, il oscille entre 50 et 60. La matinée est plus sèche que la soirée ; mais le plateau étant peu boisé et les vents régu-

prove inconvenience to patients, but in no case be dangerous ; as for people enjoying good health, they do net feel it at all. Coolness intervening at night is far from affording risks, and being moreover of a dry sort is quite healthy and pleasant to experience.

Atmospheric pressure. — It ever remains far below the ordinary one, only 644 m/m being recorded on an average, with the result that one immediatly feels more at ease and freer in all one's motions. Breathing too quickens a little ; as the weather is dry, there is a greater percentage per litre of oxygen than steam, so that the blood globules regenerate themselves with greater activity and perfection.

Hygrometry. — The hygrometric conditions are always inferior to those of the plain, even during the rainy season, they varying between 66 and 80 ; whereas in the course of the dry season, it goes from 50 to 60. Dryness is more felt in the morning than in the afternoon, but as the table-land is not very woody and that moreover winds are blowing regularly, evaporation goes on at a quick rate.

Winds. — Aerial draughts constantly sweep the Lang-Bian tableland. According to the mossoon,

liers, l'évaporation s'y fait rapidement.

Régime des vents. — Le plateau du Lang-Bian est constamment balayé par des courants aériens assez forts. Suivant le régime de mousson, ils soufflent de l'Ouest et du Sud-Ouest, de mai à octobre, de l'Est et du Nord-Est, d'octobre à mai, avec une plus grande force. Pendant les mois de changement de mousson, les vents font quelquefois le tour du cadran dans une même journée. L'air est toujours frais et il est tout particulièrement embaumé par les senteurs des bois de pins.

Régime des pluies. — Le nombre des jours de pluie serait plus grand peut être que dans la plaine ; mais la quantité d'eau tombée, proportionnellement moins forte. On a compté par an de 100 à 185 jours de pluie, suivant les années, donnant une hauteur d'eau moyenne de 1692 m/m. D'une façon générale, les pluies commencent fin mars, courtes et rares, augmentent en mai, diminuent en juin, juillet, pour atteindre leur maximum en septembre et octobre ; elles se terminent fin novembre.

En résumé, au point de vue climatérique général, le Lang-Bian est nettement favorisé par rapport aux parties habitées de l'Indochine. Il figure en bonne place parmi les sta-

they blow from W., and S.-W. from may to october, getting in wildness from october to may at which time, they blow from E. and N.-E. At the time when mossoon shifts quarters, winds blow from every direction in a same day. Weather ever keeps cool and quite nicely fragrant from the perfume of pine-trees.

Rain. — Rainy days would be more frequent on the table-land than in the plain, although the quantity of water falling at one time is comparatively smaller. Certain years from 100 to 185 rainy days have been reckoned, giving an average height of water of 1692 m/m. Speaking broadly, rain sets in march, falling then rarely and shortly ; in april and may there is an increase in rainy days ; whereas june and july see a diminution of them ; then again they rise up in august, september and october, they are finished at the end of december.

To sum up, from the climateric standpoint the Lang-Bian is quite favourably situated in comparison to the other inhabited parts of Indu-China. From the folowing table one will see that it rivals the most celebrated stations of Far-East, leaving much behind the Natrang one.

tions les plus réputées de l'Extrême-Orient, comme l'indique le tableau comparatif suivant, qui montre aussi la supériorité de Dalat sur l'une des meilleures stations de la côte indochinoise : Nhatrang.

	STATIONS	LATITUDE	ALTITUDE	TEMPÉRATURE			Hauteur de pluie moyenne annuelle	Jours de pluie moyenne annuelle	Etat hygrométrique moyenne annuelle
				Maxima	Minima	Moyenne annuelle			
Lang-Bian . . .	Dalat	13°	1500 m	32° c	— 2° c	18°3 c	1692 m/m	143	69°8
Hymalaya . . .	Darjeeling . .	27°	2006	20	— 3°3	12°2	3055	149	82
—	Simla	31°	2148	34°6	— 6°4	12°8	1780	99	62
Ceylan	Newara Eliya	6°30'	1897	26°1	— 4°5	15°	2512	195	83
Philippines (250 km. de Manille)	Baguio	15°	1650	28°8	+ 9°	18°	2100	170	80
Côte d'Annam..	Nhatrang . . .	13°7	0	37°6	+ 16°4	26°7	666	72	70°9

Conditions d'habitabilité

Les conditions d'habitabilité offertes à l'Européen par le Lang-Bian sont aussi bonnes que celles du climat.

Eau potable. — La constitution argileuse du sol favorise le ruissellement ; de tous côtés, au bas des monticules, courent des ruisselets qui vont former la rivière Camly. Aux environs de Dalat, les sources de bonne eau potable sont nombreuses. La captation de ces sources et d'une partie du Camly, dont le débit actuel est de 100 litres par seconde, est amplement suffisante pour les besoins d'une grande ville.

Living conditions

The living conditions afforded by the Lang-Bian to the European are as good as the climateric ones.

Drinkable water. — Due to the clayish formation of the ground, streaming is facilitated ; from every side, at the foot of the paps, rivulets are flowing to blend afterwards in the Camly. In the neighbourhood of Dalat some springs of very good drinkable water are to be found. The requirements of a big population, would be met simply by bringing into use the said springs as well as part of the Camly, from which 100 litres per second are al-

Dans le voisinage immédiat, on rencontre en outre des sources ferrugineuses appelées à êtres utilisées pour les convalescents.

Paludisme – La moyenne des températures de la nuit, inférieure à 10°, est une garantie certaine de l'innocuité des moustiques. A cette température, l'insecte ne peut vivre ; en tout cas, ceux qui y parviennent sont suffisamment engourdis pour empêcher les transformations des hématozoaires dans leur corps et incapables de les transmettre à leur tour. La moustiquaire n'est pas utile. Mais les gens venant de la plaine, qui sont déjà fortement impaludés, doivent prendre des précautions contre un retour toujours possible d'accidents paludéens dès qu'ils changent de climat.

Nature du sol. — Le sol du plateau provenant de la décomposition des roches volcaniques est formé d'une argile rouge, présentant de nombreux affleurements basaltiques et granitiques. Presque tous les bas-fonds sont marécageux et ont besoin d'être drainés, ce qui est assez facile, du reste.

La fertilité du sol est irrégulière et plutôt faible, à cause de l'action continue des pluies, qui délavent rapidement l'humus. Néanmoins, des jardins créés autour des habitations ont donné d'heureux résultats.

ready obtained. At close proximity chalybeate waters are equally met, that are excellent for convalescent people.

Marsh-fever. — A night temperature generally below 10° stands as the best guarantee of the innocuity of mosquitoes. The insect cannot live at this temperature ; at least it gets sufficiently benumbed to avoid the transformation of the « hematozoaires » in their body and are not able to transmit the disease. Mosquito-nets are by no means useful. But people coming from the plain with previous serious fits of marsh-fever would do well in taking some precautions, in order to avoid their recurrence as soon as they change climate.

Ground constitution. — As the ground is the result of the discomposition of volcanic rocks it is made up of a red clay showing some cropping out of basalte and granite. Water, except in certain basins, does not remain on the surface and is quite easy to turn loose. Circulation on the table-land is of an easy sort even through the woods of pinetrees.

Owing to the rains which by their continued action imbibe the soil with water, the ground shows irregular fertility. However, some gardens have been created all

Tous les légumes et toutes les fleurs d'Europe y poussent d'une façon remarquable. Les arbres fruitiers y prospèreront tout aussi bien. Fourrages et pâturages développés rationnellement pourvoiront à l'élevage du bétail suffisant pour les besoins locaux. Bref, le milieu naturel et les conditions de vie qu'offre le Lang-Bian sont éminemment favorables au séjour de l'Européen et en font un sanatorium unique sous les tropiques. « Il offre le grand air, le froid, le soleil, et joint à la salubrité les sites les plus pittoresques et les plus merveilleux panoramas». (Dr Tardiff, mission Guynet, 1899-1900).

around the dwelling-places with most happy results. All varieties of European vegetables and flowers grow remarkably well ; the same applying to fruit-trees. Fodder and pasture grounds rationally developed will provide the needful to the cattle bred there for local purposes. In short the natural situation as well as living conditions afforded by the Lang-Bian are exceedingly propitious to the stay of the European and it is an unrivalled place for the installation of a sanatorium under the tropics. For « in addition to wholesomeness picturesquenen of site and magnificence of prospects, it provides plenty of air, coolness and sunshine ». (Dr Tardiff. Guynet mission, 1899-1900).

LA PLAINE DE DJIRING — AU FOND LA MAISON DE LA RÉSIDENCE

Cl. Décolly.

EN PALANQUIN

LE VOYAGE AU LANG-BIAN

Sites et curiosités des deux voies d'accès :

1° Saigon-Malam-Djiring-Dalat.

2° Saigon (ou Bangoï)-Tour-Cham-Krongpha-Dran-Dalat.

L'accès rapide et peu coûteux du Lang-Bian est convenablement résolu aujourd'hui grâce au concours précieux de l'automobile. Des trains de nuit, à couchettes confortables, partent de Saigon vers 22 heures, correspondent au départ des autos à Malam à 4 heures, et permettent d'arriver à Dalat vers midi sans fatigue sérieuse. Les horaires des chemins de fer et du S. C. A. L. (Service de correspondance

HOW TO ACCEED TO THE LANG-BIAN

Sites and curiosities of the two ways :

1° Saïgon-Malam-Djiring-Dalat.

2° Saïgon (or Bangoï)-Tour-Cham-Krongpha-Dran-Dalat.

Rapid and cheap access to the Lang-Bian is nearly obtained now, thanks to the coming in play of the motor-car. Night trains, with comfortable beds, part from Saïgon at 10 p. m. and will be at Malam for the departure in motor-car at 4 a. m. to arrive at Dalat at 12 without being tired. The time-tables of railways and mailmotor-carservices for the Lang-Bian being often changed, a special page will

automobile pour le Lang-Bian) étant modifiés souvent, un onglet spécial renouvelé et mis à jour chaque année, à la fin du « Guide », donne tous les renseignements sur les horaires, prix, transports des bagages, des autos et marchandises utiles aux voyageurs.

Il est préférable d'utiliser *le billet circulaire*, valable 60 jours, ce qui permet de parcourir les deux itinéraires conduisant à Dalat, en un même voyage. L'aller se faisant de Saigon par Malam-Djiring, le retour aura lieu par Dran-Krongpha-Tour-Cham-Saigon ou Tour Cham-Bangoï. Inversement, si l'aller emprunte Bangoï ou Saigon Tour Cham-Krongpha-Dran, le retour peut se faire par Djiring-Malam. Les nombreux et magnifiques sites des deux routes peuvent être ainsi admirés. Cependant le service régulier ne permet pas des arrêts suffisants pour contempler à loisir toutes les beautés du paysage. Les touristes possédant ou pouvant louer une auto auront tout le plaisir de ne rien perdre d'un voyage enchanteur.

Ils trouveront aisément à louer une voiture à Saigon et la feront transporter en gare de Malam, la veille de leur départ. A partir de 1922, le parours *Saigon-Dalat* en auto pourra se faire régulièrement. Il représente 360 km. La 1re étape sera Saigon - Phanthiêt (180 km.)

be found at the end of the « Guide» and renewed every year. It will give particulars about the timetables, costs, forwardings of luggages, motor-cars and goods useful to travellers.

It is best to use *circular-ticket* available for 60 days, because it entitles you to travel over the two ways to Dalat in the same journey. Going from Saïgon by Malam-Djiring, the return-journey may be assured by Dran-Krongpha-Tour-Cham-Saïgon or Tour-Cham-Bangoï. Or if you go from Bangoï or Saïgon - Tour - Cham - Krongpha - Dran, the return-journey will be assured by Djiring - Malam. Thus you may admire the numerous and splendid sites of the two ways. Yet the ordinary service does not give sufficiant halts for admiring all the beauties of the landscape. Tourists who have their own motor-cars, or able to rent one, will be pleased to miss nothing of such delightful journeys.

It will be easy for them to rent a car at Saïgon, they can forward it to the station of Malam, on the eve before starting. From 1922, you will be able to effect regurlarly the journey *Saïgon-Dalat*. It consists of 360 km. The first halting place will be Saïgon-Phantiêt (180 km.) by the present way Saïgon-Anloc, continued until Gia-

par la route actuelle Saigon-Anlôc, prolongée jusqu'à Giahuynh, puis Giahuynh-Phanthiêt, en construction. De Phanthiêt à Dalat (180 km.) l'itinéraire est décrit plus loin, à partir de Malam (17 km. de Phanthiêt)

huynh, then Giahuyng - Phantiêt, which they are just building. From Phantiêt to Dalat (180 km.) you will find a little farther on the description of the way, from Malam (17 km. from Phantiêt).

UNE HALTE SUR LA ROUTE DU LANG-BIAN Cl. Décolly.

Itinéraire Saigon - Malam - Djiring. — Avec le train de nuit on est privé de la vue de la luxuriante campagne cochinchinoise, tandis que le train du matin permet un heureux aperçu de la fertilité de la région. Rizières, plantations d'aréquiers, de cocotiers et

Saïgon-Malam-Djiring-way. — By the night-train you cannot enjoy the rich Indu-Chinese country, whilst the morning-train gives you a pleasant sight of the fertile region : rice-fields, groves of cabbage-palms, cocoa-trees, and soon of rubbers alternate till Bienhoa, on

bientôt d'hévéas, alternent jusqu'à Bienhoa, sis aux bords du majestueux Donaï, franchi sur un remarquable pont métallique. Après Bienhoa la profonde forêt tropicale aux frondaisons élevées, dominant l'impénétrable fourré de bambous épineux et de roseaux géants, s'étend à droite et à gauche pendant 40 km. D'Anlôc à Giaray, on traverse d'imposantes plantations d'hévéas, de caféiers, de cocotiers. De nouveau, la forêt, la brousse impénétrable peuplée de fauves, quelques rizières et voici la station de Muong-man, d'où se détache la ligne de Phanthiêt.

Phanthiêt. — 22.000 habitants, à 1/2 heure de chemin de fer de la station de Muong-man, et à 17 km. de Malam par bonne route ; jolie ville bâtie sur les deux rives de l'embouchure du Song-phan : bon hôtel, belles plages. Sur le mamelon de Phu-hai, s'élèvent des tours Cham encore assez bien conservées ; de ce mamelon, vue admirable sur la pointe Kéga, la plaine et la mer.

De Phanthiêt à Nhatrang, la majorité des populations de la campagne appartient à la race Cham, « d'origine malaise quelque peu hindouisée ». Les Chams, autrefois maîtres du Champa ou Indochine méridionale, « achèvent de mourir avec leur langue et leurs dieux ».

the sides of the majestic Donaï, crossed on a remarkable metallic bridge. After Bienhoa the high foliage jungle overlooking the thorny bamboo-trees and giant reeds stretches right and left during 40 km. From Anloc to Giaray you cross magnificent rubber, coffee-trees and cocoa-trees estates. Again the forest, thick brushwoods peopled with wild-beasts, some rice-fields, and then the Muong-man station from where starts the Phantiêt railroad.

Phantiêt. — 22.000 inhabitants. At half an hour by railway to the Muong-man station and at 17 km. from Malam by road; a pretty town lying on the banks of the Song-phan river mouth: good hotel, fine beach. On the Phu-hai pap, Tours Cham are to be met still standing ; from this pap, splendid view on the Kega point, the plain and the sea.

From Phantiêt to Nhatrang, the greatest part of the inhabitants of the country belong to the Cham natives « from Maltese origine somewhat hindouished». The Chams, in ages gone by quite powerful in the Champa or Southern Indu-China, are now in utter decay as for their idiom and their gods. But « their brick temples adorned with stone sculptures and dedicated to Indu gods» are to be found in great number on the coast. At Phantiêt,

Mais « leurs temples de briques décorés de sculptures sur pierre et dédiés à des divinités hindoues » se dressent, nombreux, sur le littoral. A Phanthiêt, à Tour-Cham, près de Phanrang, à Nhatrang, Quinhon, on en rencontre de très curieux, dont quelques uns ont été restaurés par les soins de l'Ecole Française d'Extrême-Orient.

Malam. — Malam est un petit village, au croisement de la voie ferrée et de la route Dalat-Djiring-Phanthiêt, au milieu d'une plaine où la chaleur est torride. Bungalow à 2 chambres, garage du S. C. A. L.

L'auto démarre bientôt à travers un paysage de rizières, de brousse et de forêt clairière giboyeuse. Quelques villages chams en piteux état rompent seuls cette monotonie. Les contreforts montagneux se sont déjà rapprochés : on devine la coulée de Neutong où s'engage la route qui suit le lit du Gia-lé, enfoui sous la brousse épaisse. Les parois de la vallée sont maintenant très resserrées, la route s'accroche de droite à gauche, tournant comme au fond d'un entonnoir où la chaleur est étouffante dans la journée. Région d'aspect sauvage et inhospitalier, n'offrant que des vestiges d'habitations temporaires de travailleurs ou de bûcherons, couverte de bambous et désolée par la fièvre. Après Neutong (26 km. de Malam) com-

Tour Cham, close to Phanrang, at Quinhon, you can see very curious ones, some of which have been restored by the cares of the Far-East French School.

FEMME CHAN

Malam. — Malam is a small village at the crossing point of the railroad and the way Dalat-Djiring-Phantiêt, in the middle of a sultry plain. Bungalow with 2 rooms, shed of the S. C. A. L. The motor-car leaves soon and crosses a landscape made up of rice-fields, bushes and glady woods where game abounds. The monotony is interrupted by some cham villages in pitiful condition. The slopes of the mountain are already near ; one guesses the Neutong track in which the road unites to run along the bed of the Gia-le buried under their bushes. The vale sides are now very narrow ; the road clings now to right then to left, winding at the bottom of a funnel where the heat is sweltering during day-time. In aspect, the region is wild and inhospitable, showing only the remnants of temporary dwellings of workmen and woodcutters, covered with bamboos and desolated by fever. After Neutong (26 km. from Malam) begins a true climb of those moun-

mence la véritable escalade de ces montagnes tourmentées en tous sens par d'innombrables ravinements. Ce ne sont que pics coniques réguliers, tables abruptes, profondes dépressions, falaises imposantes, le tout sans régularité et de directions très opposées, mais très pittoresques à l'œil. C'est le chaos éclos des forces souterraines, compliqué par l'érosion, extrêmement active avec la chaleur et les pluies tropicales. Aussi le chauffeur a-t-il besoin d'une habileté consommée et de son sang-froid d'Annamite, pour suivre les très nombreux détours et contours de la chaussée.

La forêt dense des fonds de vallées fait place, sur les pentes, à des touffes d'arbustes tranchant de leur moutonnement vert foncé le glauque des hautes herbes. Seules, quelques croupes éloignées sont couronnées de hautes futaies, que le ver rongeur des raïs sape et détruit chaque année davantage. (Le raï est une destruction de la forêt par le fer et le feu en vue de la culture très sommaire pratiquée par les Moïs).

Quelques villages, comme Loukhel, sont massés à un détour ou accrochés au flanc d'un ravin avec leurs paillottes juchées sur des pieux élevés, et ressemblant à de gigantesques fauves. Les quelques indigènes rencontrés sont presque

tains furrowed in all directions by countless gullies You see but regularly conic peaks, abrupt tablelands, deep depressions, imposing cliffs, without regularity and in opposite directions, but very picturesque in aspect. It is the chaos coming from the underground forces, encreased bp the degradation, rendered extremely active by heat and tropical rains. It is only a skilful motor car driver of Annamit coolness who can follow the numerous turnings and windings of the causervay. On the slopes. clusters of trees replace the thick forests found in the heart of vales, their fleecy light green tint glaring among the sea green tall herbs. Some distant ridges are however capped with lofty foliage that are every year more and more destructed by the raï. The raï is a destruction of the forest by fire and iron tools, to help the summary culture of the Moïs. Some villages, such as Loukhel are grouped at a turning of the road or cling to the side of a ravine, their straw huts being perched on high posts and reminding you of gigantic wildbeasts. The natives met on the way are for the most part sunburnt, well muscled Moïs with wooly hair and delighted eyes wide open. They nimbly step aside, resting their huge baskets on sticks which serve them as a third leg.

toujours des Moïs bronzés, bien musclés, aux cheveux crépus, aux grands yeux amusés. Ils se rangent prestement, reposant leur prodigieuse hotte sur leur inséparable bâton qui leur fait comme une troisième jambe. Hommes et femmes, très sommairement vêtus, offrent quelques belles statures humaines.

On domine peu à peu un immense paysage avec des échappées sur la mer et l'on atteint Yaback, par 800m d'altitude, à 10 kilomètres de Neutong. C'est un petit village moï avec quelques cases annamites, un campement des Travaux Publics, et la maison en bois d'un colon, en bordure de la voie

La route ondule sur un plateau moins accidenté, puis la montée en lacets capricieux recommence pour arriver au col de Haloum (1.030m). La fraîcheur agréable de l'air s'accentue, les bois de pins ont fait leur apparition et couvrent les crêtes des massifs. Du col de Haloum la route parcourt une série de crêtes du massif de Braïan, et atteint Yankar (1000m et à 9 km. de Srépa). Le village s'aperçoit de loin accroché près du sommet de la montagne et dominant le tram (maison en bois pour passagers) qui est à quelques

Men and women alike are summarily dressed and afford some fine humane statures.

By degrees, one overlooks a boundless landscape with sallies on the sea, and Yaback is reached at height of 800 m. and 10 km. from

MAISON MOÏ

Neutong. It is a small moï village with a few Annamit huts, an encampment of the Public Works and a settler's wooden house, in border of the road The chauffeur stops in order to water and soon after starts for Srépa, 9 km. from Yaback.

The road waves on a less rough table-land, then the rise begins

centaines de mètres de la route. L'auto passe sans trop de hâte, laissant au voyageur le temps de comparer cette région avec tant d'autres des Alpes ou de la Suisse. De vastes et profondes forêts de pins aux sous-bois gazonnés, des torrents bouillonnants franchis sur des ponts encore en bois, quelques descentes, beaucoup plus de montées, et nous voici au col du Datroum, par 1230^{m} d'altitude, à 8 kilomètres de Yankar. Il faudrait pouvoir descendre de voiture et grimper au campement situé sur un épaulement à gauche, pour contempler le splendide panorama qui s'étend, au nord-est, jusqu'aux pics du Lang-Bian (2200^{m}), visibles, ainsi que le sommet de Tao-Duon au nord (2400^{m}). L'enchevêtrement des massifs aux pentes abruptes séparées par de profondes fissures, ne permet guère de deviner les vallées du Darsas et de la Lagna, qui en descendent au sud-ouest. Une végétation très épaisse couvre de son rideau impénétrable le mystère de la jungle. Dans le jour quelque vol de paons, ou le cri guttural du tigre entendu dès la brune, troublent seuls cette solitude.

L'auto tourne vers l'est et descent rapidement à la cote 1000^{m}, qui est l'altitude moyenne de tout le plateau de Djiring. La forêt, très dense sur les sommets, fait place peu à

again with whimsical windings to lead you to the neck of Haloum (1.030 m.). Air gets pleasantly cooler; pine-woods appear and wrap up the mountain ridges. The neck of Haloum enables you to reach the series of ridges of the Braïan grove, over which you travel ere reaching Yankar' (1000 height) and 9 mk. from Srepa. From afar, the village is seen clinging nearly to the top of the mountain and overlooking the tram (traveller's encampment) at a few hundred meters from the road. The motor-car goes on without much haste so that there is time for the traveller to compare that region to so many of the Alps or Switzerland. Again wide deep woods of pine-trees with turfed underwoods, gurgling streams crossed by means of bridges still of wood, some declivities, much more acclivities, we then arrive at the neck of Datroum (1.230 height, 8 km. from Yankar). It should be possible to alight from one's car and climb up to the encampment situated on a mound on the left, in order to gaze at the splendid prospect stretching N. E. as far as the perceptible peaks of the Lang-Bian (2.200^{m}) and the Tao-Duong summit, North (2.400^{m}). The entanglement of steepy mountains, parted from each other by deep rents, scarcely enables you to guess the

peu aux cultures et aux villages.

Djiring (1000^{m}), est à 20 kilomètres du col de Datroum et à 78 km. de Dalat. C'est le siège d'une délégation administrative dépendant de Dalat, d'un bureau de poste et télégraphe ; on y a installé un bungalow avec cinq chambres meublées, très confortables. Le touriste et le chasseur peuvent y séjourner quelques jours et faire des excursions magnifiques ou de merveilleuses chasses. Prix de la chambre : 1 $, repas : 2 $.

La *Cascade de Bobla* (32^{m} de hauteur) est à 7 km. 500 de Djiring par une bonne route, offrant de magnifiques aperçus sur la vallée de la rivière Darian. La route de Kingda et celle de Dalat, les nombreux trams, installés sur le parcours permettent des excursions et des chasses faciles et agréables.

En suivant la route de Dalat, on peut admirer les nombreuses chutes formées par le Danhim, affluent de gauche du Donaï et venant aussi des pics du Lang-Bian. La route franchit la rivière à 31 km. de Djiring, après avoir traversé une région fertile semée de nombreux villages. A 1 km. 500 du pont, se détache, à gauche, la route carrossable conduisant aux chutes de Poungour, les plus hautes de toute la région. 12 km. de route carrossable à travers une belle forêt clairière, puis

vales of Darsas and Lagna in the S.-W.

A very thick vegetation covers with its screen the secret of the jungle. This solitude is only troubled by a flight of pea-cocks or by

CASCADE DE BOBLA

the guttural scream of the tiger that is heard at dusk.

Turning eastward, the motor-car, after a series of windings, brings us back to the figure of 1.000^{m}, the average altitude of the Djiring table-land. Little by little, culture and villages succeed to the forest, very thick on the summits.

Djiring. — (1.000^{m} height, — 20 km. off the neck of Datroum and

1 km. de sentier en bordure du bief formé par le Danhim, y conduisent. Ce bief forme un immense lac de plus de deux kilomètres de long sur au moins 400^{m} de large. Le seuil de la chute, taillé à pic, de 80 à 100^{m} de hauteur, laisse les eaux se précipiter en prodigieuses torsades dont le tumulte écumant est accru par le rapprochement des parois du cirque. Aux hautes eaux, l'ampleur de ce petit Niagara est tout à fait impressionnante ; le bruit se répercute à plusieurs kilomètres à la ronde. Plus loin à l'ouest se

CHUTE DU DANHIM A LIEN GOU-GAH Cl. Décolly

78 km. off Dalat). Head quarters of a subdivision of the Lang-Bian province. — Post and telegraph-office. A bungalow with 4 well-furnished bed-rooms is to be found there. The tourist and the hunter can spend there a few days for magnificent trips and splendid huntings in the surroundings.

The Bobla-falls (32^{m} height) 7 km. 500 off Djiring by a good road, afford splendid aspects on the vales of the river Darian. The Kingda and the Dalat road, numerous trams enable you to enjoy trips and huntings, easy and agreable. ...

Farther on, on the Dalat road, you can also admire many falls formed by the Danhim, left tributary stream of the Donaï and coming down also from the Lang-Bian peaks. The road crosses the river at 31 km off Djiring after having gone through a fertile region with numerous villages. 1 km. 500 after the bridge, starts on the left the road going to the Poungour falls, the

trouve le confluent du Danhim et du Donaï, fort beau sans doute, mais encore inexploré, et difficilement abordable.

Le tram de Danhim, près du pont, permet de camper facilement pendant quelques jours. Il existe une autre cascade très pittoresque, formée par le Da-Cayan, à 12 km. de Danhim, accessible par un joli sentier muletier, sur la rive gauche du Danhim Remontant vers Dalat, la route parcourt toujours de magnifiques forêts de pins et de chênes-

highest in the whole region. 12 km. of carriage road through a fine glady forest, at which you arrive by a lane of 1 km. bordering a mill-pool formed by the Danhim. This mill-pool forms a lake more than 2 km. long and at least 400 m. broad. The steepness of the fall, 80 or 100 m. high, allows the water to hurl in prodigious whirls, the noise of which is encreased by the drawing nearer of the circus sides. At higa water, the fullness of this small Niagara is quite imposing. Its noise

CHUTE DU DANHIM A LIEN KHAN Cl. M. C.

verts, bordant de près le Danhim qui forme deux belles chutes : celles de LIEN GOU-GAH et de LIEN KHAN ; un poteau indicateur et un arrêt de l'auto permettent d'admirer ces deux sites merveilleux.

C'est à toute vitesse, par une allée ombreuse et plate, que l'auto continue sa course. Les villages de Fimnon (130km.) et de Klong (135km.) au milieu de vastes rizières, révèlent la fertilité du sol.

A Fimnon, on laisse à droite le Danhim et la route de Dran-Krongpha, pour suivre la vallée du Datam, affluent du Danhim, jusqu'au plateau du Lang-Bian. La montée est de nouveau sensible à partir de PRENN (belle chute du Datam à 100 m au-dessous de la route). De nombreux détours assez brusques, passant tantôt à droite, tantôt à gauche de la rivière qui bruit joyeusement dans le fond, permettent de franchir les 12 km. de Prenn à Dalat. La forêt de pins plutôt dense, couvre toutes les pentes ; les cols se succèdent sans interruption ; enfin une brusque et large éclaircie se fait : un immense horizon s'étend jusqu'aux pics du Lang-Bian. Les blanches villas, aux toits rutilants, décorées de jardins, émaillent le désert de verdure du vaste plateau. De la station en plein développement, on ne considère pour l'instant que le superbe hôtel, majes-

can be heard several miles around. Farther West, you see the tributary stream of the Danhim and of the Donaï, doubtless very fine, but not yet explored and of difficult access. Going up to Dalat the way goes through splendid forests of pines and ever green oaks, bordering the Danhim which forms 2 splendid water-falls : the Lien-Gou-Gah and Lien-Khan. A sign-post and a stop of the motor-car enable you to admire these two marvellous sites.

At full speed and through a shady and flat road the motor-car proceeds. The fertility of the ground is rendered obvious by the villages of Fimnon (130 km.) Klong (135 km.) in the middle of vast rice-fields. At Fimnon, the Danim and Dran-Xomgon road on the right are left to follow the vale of Datam, a tributary stream of the Danhim, as far as the Lang-Bian table-land. There is a sensible new rise from Prenn (fine Datam fall at 100 m below the road). Thanks to numerous and abrupt windings, now at the right then at the left of the bubbling river, the 12 km. parting Prenn from Dalat are run over. Rather thick woods of pine-trees adorn all the slopes ; neck follows neck ; finally a sudden and wide opening appears showing a huge horizon extending as far as the

tueusement étagé sur le dernier épaulement du terrain, et environné de pavillons attrayants.

Deuxième Itinéraire : Saigon ou Bangoï par Tour Cham-Krongpha-Dran. — Avec le train de nuit, arrivée à Krongpha à 8 h. 45 ; à Dalat, à midi. — De Malam à Tour Cham, la voie ferrée traverse la grande plaine de Phanri, puis se rapproche de la mer, longeant de près les criques magnifiques de Vinh-Hao et de Cana. Cette région est de plus fort intéressante par ses sources minérales, comparables aux eaux de Vichy et qui pourraient être exploitées. Le village de pêcheurs de Vinh-Hao, à 2 km. 500 de la gare, s'égrène au bord d'une plage engageante.

Tour-Cham, est un village créé par les besoins de la station de chemin de fer, à 6 km. de Phanrang, par une route carrossable. Bon hôtel ; chambre : 1 $ 50 ou 2 $; repas : 1 $ 50. Près de la gare, à 1500m, s'élèvent les trois tours Chams de Po Klong Garaï, sur un petit mamelon facile à gravir. Ces temples, bien conservés reçoivent encore les offrandes des villages Chams environnants ; leurs briques rouges dressées dans la lumière chatoyante du couchant sont du plus curieux effet.

Bangoï. — Bon hôtel, même

Lang-Bian peaks. The white villas with their shining roofs decorated with gardens adorn the waste of greenness of the wide table-land. From the station in full improving, the splendid hotel only is to be seen. It rises stately on the last mound of the ground and is surrounded by engaging pavillons.

Second way : Saïgon or Bangoï by Tour-Cham-Krongpha-Dran. – From Malam to Tour-Cham the railway crosses the great Phanri plain, then comes nearer the sea, running along the magnificent Vinh-Hao and Cana creeks. That region owns besides some mineral springs worthy of interest; they stand well the comparison with those of Vichy and should be taken advantage of.

Tour-Cham is a village built around the railway station, 6 km. off Phanrang by a carriage road. Close to the station, at 1.500m arise the three Tours-Cham of Po-Klong Garaï, on an easily ascended pap. These still standing temples still get prèsents from the surrounding Chams villages ; their red bricks set up in the rutilant light of the sunset are of the most curious effect.

Bangoï. — Good hotel ; fine beach at the extremety of the safe anchorage of Camranh. Regular

TOUR PRINCIPALE DU GROUPE DE PO KLONG GARAÏ

à 1.500m de la gare de Phanrang

« Sur ce fronton o
voit Civa danser, e
agitant ses six bras.
danse qui fait croule
l'univers lors des des
tructions périodique
du monde, tandis qu
sur l'autel intérieur
s'offre à l'adoration de
fidèles sous l'aspe
obscène du « linga
Dans le vestibule
temple est placée
statue du taureau
« Nandi », monture f
vorite du dieu... le m
seau enfoui dans la p
tite ration d'herbe fr
che qu'une main pieu
vient déposer chaq
jour devant lui. »

A. Foucher. L'I
dochine archéologiq
« Dr Cr illustrée », le
citée.)

prix qu'à Tour-Cham, belle plage au fond de la rade très sûre de Camranh. Escale régulière des services côtiers indochinois. Séjour et bains de mer recommandés.

La voie ferrée du Lang-Bian commence à Tour-Cham, remonte la vallée du Song-Cai par Balach, puis s'arrête au bord de l'un de ses affluents, le Krongpha. Cette amorce de 41 km. doit être prolongée jusqu'à Dalat aussitôt que possible.

A Krongpha, commence la route Dran-Fimnon-Dalat très pittoresque mais très ardue. Elle doit s'accrocher aux flancs d'une pente à pic et gravir les 700^{m} d'altitude de Krongpha à Bellevue sur une longueur de 23 km. seulement. Les tournants vertigineux laissent apercevoir des échappées grandioses sur la plaine, étendue à l'infini et les gorges sauvages franchies en un clin d'œil par l'auto.

Le panorama de Bellevue est l'un des plus beaux du voyage. La plaine de Phanrang, comme une mer immense de verdure, vient, par faibles ondulations, mourir jusqu'au pied même de l'immense falaise. Du rond-point de Bellevue, six kilomètres de route tracés dans un cirque verdoyant et peu accidenté conduisent de la vallée du Krongpha à celle du Danhim. On traverse plusieurs groupes d'habitations,

halting-place of the Induchinese coasting services. Sojourn and sea bathing recommandable.

The Lang-Bian railway begins at Tour-Cham, runs up the Song-Cai valley by Balach, then stops at the side of one of its tributary streams, the Krongpha. This branch-railway of 41 km. has to be continued till Dalat as soon as possible.

At Krongpha begins the road Dran-Fimnon-Dalat, very picturesque but of difficult access. It must cling itself to a steep mountain side and rise to 700^{m} from Krongpha to Bellevue on a length of only 23 km. The sudden windings enable you to have grand prospects on the endlessly stretched plain and the wild defiles that the motor-car crosses swiftly.

The Bellevue prospect is one of the most beautiful of the journey; the Phanrang plain, like a wide sea of greenness, ends, by small wavings, at the very foot of the huge cliff. From the Bellevue point a road winding through a green circus leads you from the Krongpha valley to that of Danhim. You cross a few groups of dwellings, the most important of which is named « la Mare aux Biches. »

The bridge of the Danhim crossed, you leave at your right the Moï village of Dran and a carriage

dont le plus important est dénommé « la Mare aux Biches ».

Le pont du Danhim franchi, on laisse à droite le village moï de Dran et une route carrossable allant aussi à Dalat par le col de « l'Arbre Broyé ».

Le poste de DRAN (1030^{m} d'altitude), perché sur le premier éperon, domine la vaste et fertile plaine du Danhim, qui est très probablement le fond d'un ancien lac.

On y a groupé un bureau de poste et télégraphe, un poste de milice et un bungalow à quatre pièces assez bien meublées, prix d'une chambre : 1 $; repas : 2 $. La région est très giboyeuse, riche en sites fort pittoresques et couverte à peu près en entier de forêts de pins.

L'auto parcourt la plaine, longeant parfois la rivière et atteint Fimnon (20 km. de Dran) après avoir traversé M'rangue, M'lon et de magnifiques coins de forêt. A Fimnon, on rejoint la route Djiring-Dalat décrite précédemment.

La voie Krongpha-Dran, Fimnon-Dalat est la plus importante des deux. Elle est sillonnée de camions automobiles transportant les marchandises lourdes de Krongpha à Dalat.

La route de « l'Arbre Broyé » est l'ancien sentier muletier de Dalat élargi ; elle n'a que 33 km. de Dran à Dalat au lieu de 45 par celle de road leading also to Dalat by the defile of « l'Arbre Broyé. »

Dran (1030^{m} height) perched on the first mound overlooks the wide and fertile Danhim plain that is said to be the bottom of a former lake.

There are grouped a post and telegraph-office, a militia office, and a bungalow with 4 well furnished rooms. The region abounds in game and picturesque sites and is nearly covered with pine woods. The motor-car goes through the plain, sometimes running along the river and arrives at Fimnon (20 km.) after crossing M'rangue, M'lon and splendid parts of the wood. At Fimnon you meet the Djiring-Dalat road, already described.

The road Krongpha-Dran, Fimnon-Dalat is the most important of the two. It is run over by many motor-car-trucks carrying heavy goods from Krongpha to Dalat.

The road of *l'Arbre Broyé* is the Dalat muleteer lane widened. It has only 33 km. from Dran to Dalat, instead of 45 by the Fimnon road. It is therefore used for forwardings by cars, horsemen and Moïs. This road is more hilly and rough than that of Fimnon, and runs through a line of ridges (1.500^{m} height) covered whit pine woods and affording magnificent prospects.

Fimnon. Aussi est-elle utilisée pour les transports par charrettes, par les cavaliers et les Moïs. Cette voie plus accidentée et plus rude que celle de Fimnon, passe par une ligne de crêtes de 1500^{m} d'altitude, toutes couvertes de magnifiques bois de pins, et offrant de grandioses panoramas.

Telles sont, rapidement esquissées, les beautés d'un voyage unique, désormais à la portée de tout le monde par la modicité de ses prix et la rapidité des moyens de transport. Tous les touristes, passant une semaine à Saigon, pourront ainsi tenter des chasses merveilleuses et contempler les splendides sites du Sud Annam et du Lang-Bian.

Those are, in short, the beauties of a unique journey rendered henceforth easy by its low prices, and rapid. Tourists spending a week at Saïgon have the possibility of partaking of wonderful huntings and of enjoying the splendid sites of Southern Annam and the Lang-Bian.

LE DANHIM A DRAN

Cl. Décolly.

LE LAC DE DALAT — Cl. M. C

UN SÉJOUR A DALAT

Excursions aux environs

Les facilités du voyage au Lang-Bian ont contribué, autant que l'excellence de son climat et la beauté de ses sites, à lui faire une réputation mondiale. Beaucoup de gens anémiés, des convalescents de maladies tropicales, des touristes et des chasseurs s'y pressent et n'y trouvent pas toujours, à la belle saison, des logements suffisants. Malgré la Grande Guerre qui a entravé transports et industries, les constructions poussées activement depuis 1916 ont réalisé le véritable

SOJOURNING AT DALAT

Trips in the surroundings

The Lang-Bian has got a fame all over the world by the facility of travelling as well as the excellence of its climate and the beauties of its sites. Many persons suffering from anœmia, convalescents of the tropical illnesses, tourists and sportsmen come to that place in great number and do not always find sufficiant lodgings during the « season ». In spite of the Great War hindering transports and industry, buildings have been rapidly erected since 1916 so that the ut-

confort d'une station moderne. Un hôtel luxueux, l'eau potable, la lumière électrique, des terrains de jeux rendent le séjour à Dalat fort agréable. Il est indispensable néanmoins de prévenir l'hôtelier quelque temps à l'avance, ou dès l'arrivée à Saigon, par télégramme.

Saison favorable. — Les conditions climatologiques étudiées précédemment et l'expérience de ces dernières années permettent d'affirmer que toutes les saisons sont favorables pour aller faire un séjour à Dalat. La saison sèche, de décembre à avril est plus agréable pour le touriste et le chasseur, mais plus fatigante pour le convalescent, à cause des écarts de température. La période d'avril à août serait la meilleure pour les gens fatigués, eu égard aux faibles variations thermométriques et surtout parce que cette saison correspond aux mois les plus pénibles des tropiques, tant dans l'Indochine du Sud que dans celle du Nord. La pluie, peu fréquente encore, en serait le seul inconvénient bien facile à supporter.

Hygiène. — Le port des vêtements de drap ou de flanelle est indispensable, au moins dans les premiers jours ; car il faut éviter avec soin les refroidissements.

Quelques comprimés de quinine, à titre préventif, sont également

most modern comfort has been obtained. A splendid hotel, drinkable water, electric light, playgrounds render sojourning at Dalat very agreable. Yet it is necessary to write a few days beforehand to the landlord for rooms, or to wire at your arrival at Saïgon.

The best time. — The climateric conditions already pointed out and the experiences of the last years entitle us to declare that any time of the year is good for staying at Dalat. Sportsmen and tourists will prefer the dry season, from december to april, but not the convalescents by the reason of the wide difference in temperature. The season from april to august would be the best for tired people, on account of the small thermometric variations and because the said months are the hardest to endure in the tropics, in Northern Indu-China as well as in Southern-Indu-China. Rain, not yet frequent, would be the only drawback, easily bearable.

Hygiene. — It is necessary to wear woolen and flannel clothes, at least in the first days, for chills have to be carefully avoided Some quinine drops should be taken by colonial residents by way of precaution, as they always more or less suffer from marsh-fever and have every reason to fear new

bons à prendre par les coloniaux toujours plus ou moins impaludés, et qui craignent un retour de fièvre en changeant de climat. Le soleil paraît moins dangereux que dans la plaine, mais il est bon toutefois de ne pas sortir sans casque durant les heures chaudes du jour.

Les promenades variées, et surtout des marches proportionnées aux forces, entretiennent un vif appétit, déjà excité par le froid et par les légumes excellents servis à l'hôtel.

Pour tous les cas de maladies enfin, un docteur émérite attaché à la station, donne les soins appropriés.

Prix d'un séjour à l'hôtel. — Le grand hôtel, tout neuf, répond aux exigences du confort moderne, mais à des prix forcément très élevés. L'ancien hôtel en bois, très modeste à côté de son luxueux cadet, offre cependant des chambres meublées suffisamment et une table réconfortante. Le prix de la pension y est demeuré de 5 $ par jour, vin non compris, avec arrangements pour familles. Mais le coût d'un séjour est encore trop élevé pour permettre aux familles des modestes fonctionnaires ou colons de bénéficier des avantages indéniables d'une saison d'altitude. Le minimum de durée d'une cure d'altitude est de 20 jours, comme dans les stations de l'Europe, pour avoir

attacks. The sun seems to be less dangerous than in the plain, but it is better not to go out without a helmet in the hot hours of the day.

Varied promenades and especially walks appropriated to your strength keep up your appetite already risen by the cold weather and excellent vegetables served at the hotel.

For all sorts of illnesses, you will find a capital doctor working for the station and good care will be taken of you.

Price of a sojourn at the hotel. — The big hotel, quite new, answers to any exigency of modern comfort, but the prices are very high. The former wooden hotel, very plain compared to its luxurious successor, affords enough furnished rooms and strengthening food. The boarding price is still of 5 $ per day, wine not included, with arrangements for families. But the cost of a sojourn is still too high to enable the families of modest government officers, or settlers, to enjoy the benefit of a season in the height. The stay in the altitude should be of at least 20 days, as in European watering-places, for a lasting effect, and it would be necessary to resume it every year to fight against tropical anœmia. Cost of travelling and sojourn is of at least 130 piastres per

des effets quelque peu durables, et il est nécessaire en outre de la renouveler chaque année, pour combattre efficacement l'anémie tropicale. Frais de voyage et de séjour s'élèvent au minimum à 130 piastres par personne et à 240 piastres pour un ménage sans enfants, non compris les faux frais multiples d'un voyage, le loyer et les domestiques de Saigon qu'il faut continuer à payer, etc.

Pour que le Sanatorium rende vraiment au pays les énormes services que l'on peut en attendre, et qui sont certains, il faut non seulement permettre à tous ceux dont la santé l'exige, une saison d'altitude, mais encore faciliter par de sages règlements et par une aide pécuniaire suffisante ceux dont le labeur accablant et les ressources trop modestes empêchent l'indispensable repos, la merveilleuse régénération par un climat d'altitude. Une politique économique bien comprise ne faillira pas à cette lourde tâche, à une époque où les séjours coloniaux se sont prolongés outre me-

person and 240 for families without children, without speaking of the numerous miscellenuous travelling expenses, houserent and servants, which is to be paid all the same in Saïgon.

L'HOTEL EN BOIS ET SES JARDINS

To enable the Sanatorium to be as surely useful to the country as may be expected, it is necessary to enable those of weak health to have a stay in the height; necessary also are wise rules and a pecuniary help sufficiant to those who work hard and whose too modest resources prevent the indispensable rest, the marvellous regeneration by a climate of altitude. Economical politics will not fail in this heavy task,

sure, et demeureront encore longtemps d'une durée anormale. Les facilités d'accès et les encouragements variés apportés au développement de la ville de Dalat entrent également dans ce programme que le Gouvernement actuel fait tous ses efforts pour réaliser.

Dalat. — Dalat, chef-lieu de la nouvelle province du Lang-Bian, est bâti sur les deux rives de la rivière Camly. Un bureau de poste et télégraphe, ouvert au service des colis postaux, un poste de milice, un cantonnement forestier, les services des Travaux Publics, de l'Assistance Médicale, etc., ainsi que les villas de nombreux colons, et les installations des entrepreneurs occupent déjà une grande partie du centre urbain européen. Le village annamite, adossé en bordure du Camly s'accroît rapidement ; il est parsemé de jardins potagers luxuriants, entourés de rosiers ; mais leur rendement est bien faible encore. Des « court » de tennis et de golf attendent les amateurs. Quelques maisons de particuliers construites dans des sites avantageux, notamment le châlet de la Banque Industrielle de Chine, à 4 km. de l'hôtel, des constructions dues aux associations privées, dont le pavillon des Missionnaires d'Extrême-Orient est un joli type, agrémentent les environs im-

at a time when colonial sojourns have lasted too long and will go on to have an abnormal length. Easiness of access and big improvements in the city of Dalat will also be foreseen and attended to by the cares of the actual Government.

Dalat. — Dalat, chief-town of the new province of the Lang-Bian, is built on the two sides of Camly river. A post-office where parcels are received, a militian-office, a forester quartering, services for Public Works, Medical Assistance as well as many settlers' villas and the installations of the master-builders are already to be found in a large part of the centre of the city. The Annamit village leaning against the shore of the Camly is rapidly growing ; here and there, you see prosperous, although unsufficiantly tilled kitchen gardens, surrounded by rose-bushes. Tennis courts and golf links are awaiting players. The surroundings of Dalat are embellished by some private houses erected on advantageons sites, especially the cottage of the « Chinese Industrial Bank », 4 km. from the hotel, buildings owed to private associations, of which the pavillon of the Far-East Missionaries is a fine type. Parks, colleges and beautiful administrative buildings are rapidly erected, the station being rich enough, and the transports by

médiats de Dalat Des parcs, des collèges et de beaux bâtiments administratifs s'y édifient rapidement, la station étant dotée d'un budget suffisant, et les transports en camions automobiles étant devenus aisés par la route de Dran.

Excursions. — Le service forestier de Dalat, dirigé par un agent très actif et très pratique, a aménagé des sentiers cavaliers qui permettent de se rendre aux points les plus pittoresques tout proches de Dalat. Des abris et des kiosques rustiques installés fort à propos, d'après le croquis de la page suivante, permettent de faire des excursions très intéressantes, d'organiser des pique-nique agréables. Pour les points les plus éloignés on peut faire une partie de la route en auto, la location de ces véhicules étant facile à Dalat.

Les principales des ces excursions touristiques sont : le *chemin circulaire n° 1*, le plus court, (3 km. aller et retour de l'hôtel), qui s'embranche à gauche de la route de la cascade ; le *chemin circulaire n° 2* (7 km. aller et retour environ), avec 2 abris et un robinson en miniature installé sur le tronc d'un gros pin. Au retour, on passe par la chute du

CHALET DES MISSIONS D'EXTRÊME-ORIENT

motor-car-trucks having become easy by the road of Dran.

Trips. — The forester service, managed by a diligent and practical agent, has disposed roads for horsemen allowing to go to the most picturesque sites near Dalat. Shelters and rustic sheds, very conveniently placed, as shown by the sketch of the following page, enable you to make very interesting trips, and to organise agreable picnics. You can go to the farthest points by motor-cars easily rented at Dalat.

The most important of these touristic trips are : *the circular road n° 1*, the shortest, (3 km. go and back to the hotel) branching left off the water-fall road ; *the circular road n° 2* (nearly 7 km. go and back) with a shelter and a small « robinson » placed on the trunk of

Camly. Le *chemin circulaire n° 3*, le plus long, (11 km. environ) passe aussi par la chute du Camly, traverse le Champ de Courses des pro-

LE ROBINSON DU CHEMIN Cre No 2

jets du temps jadis, et de jolis coins de forêt aménagée, aux sous-bois enchanteurs. Deux jolis kiosques permettent des repos agréables au milieu de la forêt. La route de Djiring, celle de Dran, par « l'Arbre broyé », peuvent être choisies pour des excursions intéressantes ; il en

a big pine. On the way back, you pass the Calmy water-fall. *The circular road n° 3*, the longest, (nearly 11 km.) passes also by the Calmy water-fall, goes through the Race-Field of former days, and through pretty parts of the well disposed forest, with enchanting underwoods. Two pretty sheds afford agreable rests in the middle of the forest. You may choose the Djiring-road, that of Dran or of « l'Arbre Broyé » for interesting trips. It is the same with the Dankia road, the Hunting-road, and the road of the small water-fall, all three of an easy passage for motor-car.

The « Tour d'Inspection » constituted by the Dankia-road, the Hunting-road and a branch-road to be built, leading to the Dran-road, will be a very agreable walk much appreciated by visitors.

Water-falls. — The nearest is formed by the Calmy or Dalat river (3 km. 500 from the hotel), leading to it by a fine shady road of pinetrees : this is the small water-fall. This water-fall lying in a very romantic frame, forms a small lake that you may easily admire, as a shed has been built close to it.

Then comes the PRENN-WATERFALL at about 12 km. on the Djiring-

est de même de la route de Dankia, de la route de chasse, et de la route de la petite cascade, toutes trois faciles à parcourir en auto.

Le « Tour d'Inspection » de Dalat, constitué par la route de Dankia, la route de chasse, et un tronçon à construire allant de cette dernière à la route de Dran, sera une promenade très agréable et très goûtée des visiteurs.

Les cascades. — La plus rapprochée est formée par le Camly ou rivière de Dalat, à 3 km. 500 de l'hôtel, par une belle route ombragée de pins : c'est la PETITE CASCADE. Cette chute, dans un cadre très romantique, forme un petit lac, qu'un kiosque placé très à propos permet d'admirer inlassablement.

Vient ensuite la CASCADE DE PRENN, au km. 165, à 12 km. environ de Dalat, sur la route de Djiring. Le Datam franchit d'un bond un seuil de 10^{m} environ de hauteur, et forme une profonde vasque entourée d'un sombre feuillage. Un petit sentier partant de la route conduit aisément au pied de la cascade ; il y a également un sentier cavalier y conduisant de Dalat.

La CHUTE D'ANKROËT est formée par le Donaï ou Dadeung, à 5 km. en aval de Dankia. On peut s'y rendre en voiture par la route de Dankia (17 km. en tout de Dalat), ou par les sentiers (13 km. seule-

road. The Datam falls of a sudden from a height of about 10^{m} forming a sort of deep abyss with dark foliage all around. By means of a narrow foot-path, the waterfall site is easily reached. There is also a

LA PETITE CASCADE
FORMÉE PAR LE CAMLY
Cl. Décolly.

lane for horsemen leading to Dalat.

The ANKROËT-FALL is formed by the Donaï or Dadeung, 7 km. down Dankia. It is possible to get there by cart by following the Dankia road (only 19 km. off Dalat) or the foot-path (13 km. only). From Dan-

ment). De Dankia la route se fait à pied ou en pousse-pousse, mais pourra se faire très aisément en auto. Chute impressionnante par sa hauteur, au milieu d'une gorge sauvage et chaotique, et beau point de vue du kiosque aménagé au-dessus et sur la rive gauche de la chute. Pour descendre au pied de la cascade, prendre à droite après avoir franchi le 1er bac, en franchir un 2e et suivre le sentier qui escalade la pente abrupte. La vallée du Donaï, en aval, présente d'autres rapides ; mais elle est encore peu explorée et d'accès difficile. Belles orchidées dans les fourrés avoisinant la gorge.

Dankia. — A 12 km. à l'Ouest de Dalat, par 1450[m] d'altitude, et par bonne route, se trouve Dankia, où l'on voulut jadis édifier le sanatorium et où l'on créa une florissante station agricole. Le succès de jadis est bien près d'être surpassé. Un troupeau abondant de vaches et de moutons, choisis parmi les meilleures races, y prospère ; des légumes frais de toutes sortes, du lait, du beurre et du fromage sont transportés à Dalat, en quantité suffisante pour les besoins de l'hôtel et des habitants. La visite de la station constitue une excursion des plus intéressantes et des plus aisées.

Entre Dalat et Dankia, on rencontre deux villages moïs étagés à

kia you have to walk or to go by rickshaw but it will soon be possible to get there by motor-car. One is impressed by the height of the fall in the middle of a wide and confused defile ; fine prospect from the shed built above and on the left shore of the fall. To go down to the foot of the waterfall, take your right after having crossed the first crossing-boat, cross a second one and follow the path that climbs the steep slope. The valley of the Donaï down-stream shows other rapids, but it has not been much explored up to now and is of difficult access. Fine orchids are to be found in the thickets near the defile.

Dankia. — West of Dalat, 12 km. off at an altitude of 1.450[m] and by a fine road is Dankia, where they intended building the sanatorium at first, and where they have created a prosperous agricultural station. The success of former times has nearly been surpassed. Cows and sheep in great number and chosen among the best breeds, fresh vegetables of all kinds, milk, and cheese are sent to Dalat, in sufficiant quantity for the needs of the hotel and inhabitants. The visit of the station constitutes a very interesting trip, easy to be undertaken.

Between Dalat and Dankia, two

flanc de coteau : *B'neur dite* et *B'neur dung*. Les habitants appartiennent à la tribu des Lat, primitifs et superstitieux. De grandes perches à fétiches, grossièrement sculptées et chargées d'amulettes, se dressent autour des huttes, couvertes de paillottes.

Les cimetières des villages ombragés d'arbres couronnent de verdure sombre les sommets des mamelons environnants.

Ascension des pics. — Les pics du Lang-Bian méritent une ascension relativement facile pour un bon marcheur, grâce au sentier forestier qui atteint presque le sommet du premier des cinq éperons.

Pour les marcheurs non entraînés, le mieux est d'aller en auto jusqu'au début du chemin des pics (10 km. 500 sur la route de Dalat à Dankia). De ce point, où l'on aura fait amener des chevaux ou des chaises de grand matin, on va à cheval par le sentier bien tracé jusqu'au 2e kiosque (1 heure et demie en moyenne). Le reste de l'ascension, très ardue mais très courte, doit être fait à pied (3/4 d'heure environ). Le 1er éperon n'est pas le plus élevé de la chaîne, on y jouit cependant d'un superbe panorama

moï villages are seen on the side of the hill, *B'neur dit* and *B'neur dung*. The inhabitants belong to the primitive and superstitions tribe of the Lat. All around the thatched

TOMBEAU MOÏ

huts you see high poles intended for fetiches clumsily carved and with numerous charms hung up. The cimeteries of the villages with many shady trees adorn the summits of the surrounding paps with their dark foliage.

Peak climbing. — Climbing to the peaks of the Lang-Bian is well worth the trouble, it being comparatively easy for a good walker, on account of the forest-path leading almost to the summit of the first of the five mounds. It is best for the not well trained walkers to reach in motor-car the end of the

sur la région de Dankia et les premiers contreforts du Darlac. En suivant la ligne de crête, il est facile d'atteindre en une demi-heure le 2e, puis le 3e pic ; celui-ci est un véritable cône volcanique en démolition, il a 2200^m^ d'altitude et offre un panorama immense du côté de Dalat. Un océan de vagues verdoyantes ondule jusque par delà Dalat vers les falaise boisées du Sud

CHAISE A PORTEURS

et de l'Ouest ; quelques troupeaux de Con Katans sont aisés à déceler sur la verdure claire tachée de sombre dans les creux des vallées. La pente nord, plus abrupte que l'autre, et couverte d'une épaisse forêt, cache en partie les premiers gradins du Darlac, comparables au plateau du Lang-Bian mais mieux boisés.

Les sombres forêts qui, à vos pieds, frangent les pentes, abritent de grands troupeaux de cerfs, de gaurs et, toujours, le tigre redouté. Les orchidées et de nombreux arbres et plantes spéciaux à cette altitude méritent l'intérêt des chercheurs.

peaks-road (10 km. 500 on the road from Dalat to Dankia. From there, where horses or sedan chairs will have been brought early, you go on horseback by the well traced path till the second shed (about one hour and a half). The ascent that follows then (very hard but very short) must be done afoot (about three quarters of an hour). The first mound is not the highest of the chain ; there you enjoy however a splendid prospect over the region of Dankia and the first counter, forts of Darlac. Following the line of ridges, it is easy to reach in half an hour the second, then the tird peak ; this one is a true volcanic cone, already rugged ; it is 2.200^m^ high, and affords an immense prospect over Dalat. An ocean of green waves undulates till beyond Dalat, towards the Southern and Western woody cliffs ; a few flocks of Con Katans are easily hidden on the light green spotted with dark in the hollows of the valleys. The northern slope, steeper than the other, and covered with a thick forest, partly hides the first steps of the Darlac, very like the Lang-Bian table-land, but more woody. The dark forests, which at your feet are fringing the slopes, shelter great herds of stags, gaurs, and always, the much feared tiger. Orchids and numerous trees and plants, pecu-

A gauche enfin se dressent, très haut, le 4e et le 5e pic, les plus élevés de la chaîne, et couverts d'un manteau de verdure sombre et impénétrable. Leur difficile ascension, tentée jusqu'ici seulement par quelques alpinistes opiniâtres, exige un sérieux effort, largement récompensé du reste. La difficulté s'accroit de l'absence de sentier, dans une forêt vierge impénétrable et respectée des Moïs depuis de nombreuses décades. On franchit aisément la clairière qui s'étend entre le 3e pic et le bas de la forêt ; (une jolie mare dans le sous bois, et quelques cerfs attardés décorent la route). Avant de s'engager dans la forêt, il faut bien s'orienter, car les Moïs, si habiles débrouilleurs de pistes, ne suivent qu'à contre-cœur en arrière. Une hachette ou un coupe-coupe à la main, il faut souvent se frayer la route et s'accrocher aux branches ; l'ascension dure deux longues heures. Mais un bon déjeuner, joint au plaisir de respirer l'air léger et si frais des 2400^m d'altitude du pic, font vite oublier les fatigues. Le sommet n'est pas étendu (tout au plus $30^m \times 15^m$) ; des bambous nains, des arbres géants, gênent le coup d'œil. La forêt profonde s'étend de tous les côtés ; à vos pieds, jusqu'à l'infini tout est vert, du vert sombre des bois ou voilé de brume et de fumée. L'im-

liar to this altitude, deserve the interest of investigators.

The 4th and the 5th peaks, the highest of the chain, rise, covered all over with dark impenetrable greenness. Their hard ascend, tried until now only by a few obstinate alpinists, asks a serious exertion, greatly rewarded after all. The difficulty is increased by the lack of a foot-path in a virgin forest impenetrable and respected by the Moïs since numerous decades You may easily go through the glade stretching between the 3^{td} peak and the foot of the forest ; (a pretty pond in the underwood and some stags adorn the road). Before going on farther in the forest you have to ascertain your position, for the Moïs very clever in finding tracks follow but unwillingly behind. You often have to cut your way with a hatchet or a *coupe coupe*, and to cling to the thorns ; the ascent lasts two long hours. But a good lunch joined to the pleasure of breathing the light and so fresh air of the 2.200^m height of the peak make you soon forget your fatigues. The summit is not very wide ($30^m \times 15^m$ at the most) ; dwarf bamboos and giant trees hinder the sight. The deep forest stretches in all directions ; at your feet, endlessly, every thing is green, of the dark green of the woods or veiled with mist and

mensité du panorama alourdit la sensation d'isolement profond qui règne sur cette solitude si impressionnante. Quelques oiseaux rares, des plantes des régions froides, telles

GUERRIER MOÏ DES TRIBUS INSOUMISES

que le rhododendron des Alpes, ramènent l'esprit vers les plans plus voisins. On quitte bientôt l'altière cîme ; la descente est rapide et plus aisée que la montée. Si les préparatifs divers (porteurs moïs, déjeuner, chevaux ou chaises) ont été bien

smoke. The immensity of the panorama oppresses you and you feel so much more the profound loneliness of this solitude so impressive. Some rare birds, plants of the cold regions such as the rhododendron of the Alps, bring your mind back towards the nearer maps. You soon leave the lofty height; the descent is rapid and easier than the ascent. If everything has been managed carefully (moïs bearers, meal, horses or chairs) it is surely the most interesting trip tobe made.

The Darlac. — Towell furnished explorers who are not afraid of the difficulties, the Darlac region affords sites and trips of the greatest interest. Starting from Dankia, and going around the last mound of the Lang-Bian, you arrive to the Darlac (slang for the moï name of lake Taklak). A lonely path nearing many precepices goes through the regions partly unsubdued of the Pih, Muong and Lats tribes. You have to travel in numerous escort, and during three days, to reach Mébach, on the bank of lake Taklak, and after having crossed broad rivers, tributary streams of the Srépok. The lake Taklak is a delightful sheet of water of 3 km. 2 at its widest parts, and admirably framed by abrupt mountains Far off in the

régles, c'est à coup sûr l'excursion la plus intéressante à faire.

Le Darlac. - Pour les explorateurs bien outillés et ne reculant pas devant les difficultés, la région du Darlac offre des sites et des excursions d'un vif intérêt. En partant de Dankia, et contournant le dernier éperon du Lang-Bian, on entre au Darlac (corruption du nom moï du lac Taklak). Un sentier peu fréquenté et hérissé de précipices traverse les régions en parties insoumises des tribus de Pih, Muong et Lat. Il faut voyager en escorte nombreuse, et compter trois jours de voyage pour atteindre Mébach, au bord du lac Taklak, et après avoir franchi de larges rivières, affluents de la Srépok. Le lac Taklak est une délicieuse nappe liquide de 3 km. sur 2 dans ses plus grandes dimensions, sise en un cadre admirable de montagnes abruptes. Loin, à l'ouest, se trouve le poste de Banméthuot, qu'une route projetée joindra à Dalat. Le Darlac est aussi riche en espèces de gibiers que le Lang-Bian, mais le pays est plus difficile à parcourir et offre le danger des tribus indépendantes.

Pour tous ceux enfin que ne tentent pas les lointaines excursions ou les chasses grandioses, le paysage enchanteur de Dalat et de ses proches environs suffira par sa variété à distraire leur séjour. Chacun croit y retrouver un coin familier de la lointaine France : pour les gens de l'Est, les ballons des Vosges, encore que bien dénudés, revivent à leurs yeux ; pour les habitants des Alpes et du Centre, les cascades et les forêts de pins sont, à n'en pas douter, dignes de leur agreste pays ; pour ceux des Pyrénées enfin, l'altière cime du Lang-Bian rappellera les pics abrupts des montagnes natales.

West is Banméthuot, that a projected road will join to Dalat. But it is more difficult to go over this country and more dangerous on account of independant tribes.

To all those who are not tempted by distant trips or great sports, the enchanting landscape of Dalat and its near surroundings will be sufficiant by their variety to charm their sojourn. Nearly each traveller beleives that he finds back some well-known spot; people belonging to the Eastern part of France are reminded of the round summits of the Vosges, except for their bareness. To the inhabitants of the Alps and of the Centre the waterfalls and pine forests are equal to those of their rustic country, while the lofty summits of the Lang-Bian remind the Pyrenean people of the cragged peaks of their native land.

UNE BELLE CHASSE A L'ÉLÉPHANT AU PIED DES PICS EN 1915
Cl. Reich.

LA CHASSE AU LANG-BIAN

Les grandes espèces de gibier

Les terrains de chasse du Lang-Bian peuvent être comparés à certains de l'Est Africain pour l'abondance et la variété des espèces animales ; il est aisément possible aux sportmen d'y faire de fort belles chasses, en des régions agréables pour le camping, et où l'on peut être assuré de rencontrer et de tirer du grand gibier.

Il existe plusieurs plateaux aisément accessibles, sur lesquels le

HUNTING AT THE LANG-BIAN

Forest Game

The hunting grounds of the Lang-Bian may be compared to some of East Africa, as for the abundance and variety of all kinds of animals. There, sportsmen can easily find very fine huntings in regions that are pleasant for camping and where they are sure to find out and chase forest game.

There are several table-lands easily accessible where the european sportsman, with some precautions,

chasseur européen peut, en prenant quelques précautions, circuler impunément à la recherche des grands fauves.

Les plus connus de ces plateaux sont ceux de Djiring-Dran, de Cagne et du Lang-Bian, déjà décrit. Les plateaux de Cagne et de Djiring ont une altitude de 900 et 1000^{m} et leurs superficies sont respectivement de 100 et 200 km. carrés.

Le plateau de Djiring pourrait, sans exagération, et comparé aux terrains de chasse les plus facilement accessibles de l'Indochine, être appelé le paradis des chasseurs.

C'est le pays par excellence du Tigre *(félis tigris)*, nom indigène : *Kliou*, du *Bos Gaurus* et du *Bos Banteng* ou bœuf sauvage ; le moyen et le petit gibier y sont aussi très abondants.

Le *Bos Gaurus* (en moï : *k'bay*) est une variété de bovidé à garrot prononcé atteignant jusqu'à 2^{m} 05 de haut chez le mâle.

Cet animal, à robe d'un brun foncé, et à poils rares, a les membres blancs ou jaune-feu depuis le pied jusqu'au genou et porte une tête énorme au chanfrein busqué. L'os frontal est concave et garni de poils crépus assez longs.

On distingue au Lang-Bian deux

may without danger go in search of forest game.

The most known of these table-lands are those of Djiring-Dran, Cagne and the Lang-Bian, already described. The Cagne and Djiring table lands are of about 900 and 1000^{m} and their surfaces are respectively of 100 and 200 km. square.

The Djiring table-land, compared to the hunting grounds of Indu-China (the easiest to reach) might be named the sportsmen's paradise.

It is the best country for the Tiger *(félis tigris)* native name : *Kliou* ; for the *Bos Gaurus* and the *Bos-Banteng* or wild ox; the middle sized and small game are also very abundant there.

The *Bos Gaurus* (in moï : *k'bay*) is a variety of the ox kind with

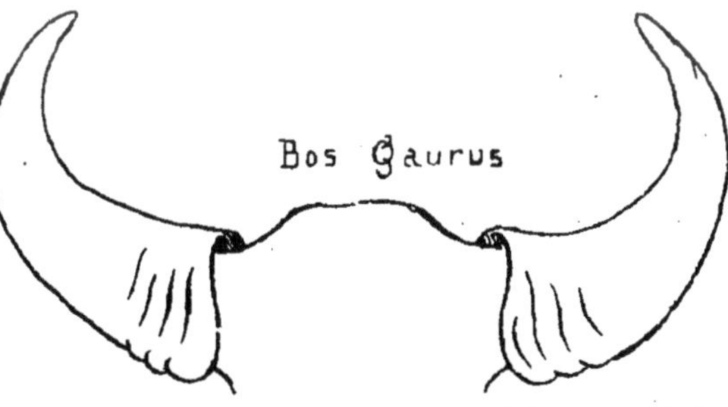

projecting withers reaching as high as 2^{m} 05 if male.

This animal, with dark brown coat and scarce hair has white or yellow-fire limbs, from the foot to the knee, with a huge head and

variétés de gaurus qui ne se différencient que par leur taille et la forme de leur massacre.

Les bons massacres varient entre *80* et *103* centimètres.

Le *Bos Banteng* ou *K'rou* des moï est une jolie bête au pied fin, à robe jaune ou rousse et portant des

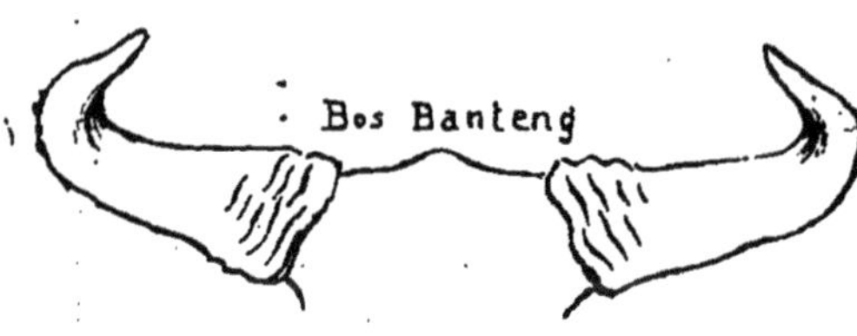

balzanes blanches ou grises aux quatre membres, du sabot jusqu'au genou.

Ce bovidé est plus difficile à approcher que le gaur et a aussi une allure plus rapide.

On en distingue deux variétés qui ne diffèrent que par la teinte de leur robe.

Les bons massacres de Banteng mesurent de *80* à *92* centimètres.

Dans les régions tranquilles, les tigres viennent aux appâts et il est arrivé à des sportmen d'en tirer plusieurs en quelques jours.

Les dimensions d'un très grand tigre sont les suivantes : longueur du nez à la naissance de la queue : *1*m *90* ; hauteur au garrot : *1*m *05*.

En dehors de ces magnifiques espèces animales, on rencontre aussi : l'éléphant *(éléphas indicus)*,

bent chamfer. The frontal bone is concave with rather long and crisp hair.

In the Lang-Bian there are two kinds of gaurus only different by their size and the form of their massacre The good massacres vary between *80* and *103* cm.

The *Bos Banteng* or *K'rou* of the moïs is a fine animal with thin fin, a yellow or tawny coat with white or grey spots at the four limbs, from the hoof to the knee. It is nimbler than the gaurus and of more difficult approach. There are two varieties only different by the tint of their coat.

The fine massacres of Banteng measure from *80* to *92* cm.

In quiet regions, the tigers are caught with snares and sportsmen have sometimes killed several in a few days.

A very big tiger measures : *1*m *90* in length, from the nose to the beginning of the tail : *1*m *05* in height at the withers.

Besides these splendid animal kinds you also find : the elephant *(elephas indicus)* the panther *(félis pardus)* or *K'liou Kaurhéo*, the collar bear or Maltese bear *(helarctos malayenus raffies)* and sometimes the unicorn rhinoceros. It is an animal rarely slain, therefore is it a CAPITAL TROPHY.

The elephant of Asia (native

la panthère (*félis pardus)* ou *K'liou Kauhreo*, l'ours à collier ou ours malais *(helarctos malayenus raffies)* et parfois le rhinocéros unicornis. C'est un animal que l'on tire très rarement, ce qui en fait un trophée de choix.

L'éléphant d'Asie (nom indigène : *ruess*), plus petit que son congénère africain, ne dépasse pas *3 mètres* de hauteur.

Sa tête, plus grosse que chez l'éléphant d'Afrique, présente des formes très accusées, ce qui favorise le tir sportif.

Les animaux porteurs de belles pointes sont rares en Indochine et des défenses pesant 10 kilos chacune sont un bon trophée.

L'ours à collier ou ours malais (en moï : *Djirkao*) ne dépasse guère *75* cm. de hauteur au garrot. Sa robe est d'un beau noir et son poil très dru.

Il porte sous la gorge un collier en forme de croissant, d'un jaune orange chez le mâle et blanc chez la femelle.

Ses mâchoires sont armées de crocs puissants dont il se sert pour détrousser les ruches installées à l'intérieur des arbres.

Le rhino indochinois en moï : *R'miss*) atteint 2m de hauteur. Il a l'arrière-train un peu plus élevé que le garrot et sa peau est renforcée par des boucliers. Sa corne mesure

name : *ruess)* smaller than its african brother is not more than *3 m.* high.

Its head, bigger than that of the African elephant shows forms very much set off, which favours the hunting.

The animals bearers of fine tusks are rare in Indu-China, and tusks weighing 10 kilos each are a splendid trophy.

The collar bear or Maltese bear (in moï : *Djirkao)* is not higher than 75 cm. at the withers. Its coat is of a beautiful black and its hair very thick.

It has under its throat a collar of the form of a crescent, orange yellow for the male and white for the female. Its jaws are armed with strong tusks that it uses to rob the beehives found in the inside of the trees.

Its hind part is somewhat higher than the withers and its skin is reenforced by shields. Its horn measures from 20 to 45 cm., not often more. This animal is rare at the Lang-Bian.

Of course, all these big wild-beasts partake their dens with the different kinds of cervidés and porcines of Indu-China.

The cervidés of the Lang-Bian consist of : the stag of Aristote cervus aristotelis (native : *iounе)* nearly like the stag of Europe, and the

de 20 à 45 cm., rarement plus. Cet animal est rare au Lang-Bian.

Il va sans dire que tous ces grands fauves partagent leur habitat avec les différentes variétés de cervidés et de porcins communs à l'Indochine.

Les cervidés du Lang-Bian comprennent : le cerf d'Aristote (nom indigène : *ioune)* qui se rapproche du cerf d'Europe et dont les bois portent presque invariablement 4 andouillers, le cerf d'Eld (C. Eld Guth, variété platycéros), le cerf des Marais, appelé par les Annamites *con hùu* (pr. *heuou)* et le cervule Muntjac qui est un chevreuil.

A citer aussi un chevrotin qui fréquente les fourrés et que l'on tire assez rarement, c'est le *trajule javanicus*, le plus petit des ongulés Indochinois.

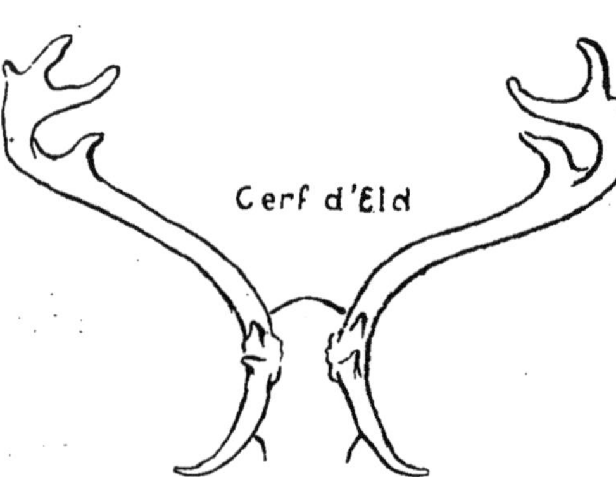

Le cerf d'Eld (en moï : *Yeune)* est un animal à pelage rude, d'un

horns of which bear almost always four antlers ; the Eld stag *C. Eld Gruth (platycéros* variety); the stag of Marshes (Annamits : *con hùu* pr. *heuou)* and the cervule Muntjac, a roebuck.

The thickets are also frequented by kids, rather rarely chased, it is the *Trajule Javanicus*, the smallest of the Indu-Chinese ongulate.

The Eld stag (moï : *Yeune)* has a rough coat, greyish yellow if female and dark brown if male, reaching $1^{m}15$ to the withers, and has on its massacre two horns of the form of a lyre.

The very fine massacres of the Eld stag reach at the Lang-Bian 116 cm.

The stag of Marshes *(Cervus porcinus annamiticus)* moï : *t'ra*, has a short and shining hair, dark brown if male, reaching 72 cm. to the withers.

The *t'ra* female has a red coat, therefore seen from far ; you may sometimes take it for the

jaune grisâtre chez la femelle et brun foncé chez le mâle, qui atteint $1^m\ 15$ au garrot et porte sur son massacre deux bois en forme de lyre.

Les très bons massacres de cerf d'Eld atteignent, au Lang-Bian, *116* centimètres.

Le cerf des Marais, *(Cervus porcinus annamiticus)*, appelé *t'ra* par les moïs, a le poil court et luisant, brun foncé chez les mâles, qui atteignent $0^m\ 72$ au garrot.

La femelle du t'ra porte une livrée roussâtre, ce qui, de loin, la fait confondre parfois avec le cervule Muntjac, ou chevreuil, dont elle a la taille.

Cette espèce fournit une viande excellente.

Les bons massacres de t'ra atteignent *62* centimètres.

La forme des bois de ce cervidé se rapproche de celle indiquée pour le cerf d'Aristote, mais ils sont plus grêles.

Le cervule Muntjac (en moï : *Il)* est un gracieux animal au pelage fin et luisant portant une livrée d'un roux clair et mesurant environ *60* centimètres au garrot.

Le mâle de cervule Muntjac porte de petits bois de *10* cm. à *14* cm. posés sur des saillies osseuses très développées.

Le *Trajule Javanicus* ou *Scatt* (nom indigène) ne dépasse guère

cervule Muntjac, or roebuck, of the same size.

This kind gives excellent meat.

The fine massacres of the t'ra reach 62 cm.

The form of the horns of this cervidé is nearly like that of the stag of Aristote but more slender.

The cervule Muntjac (moï : *Il)* is a gracious animal with fine and shining

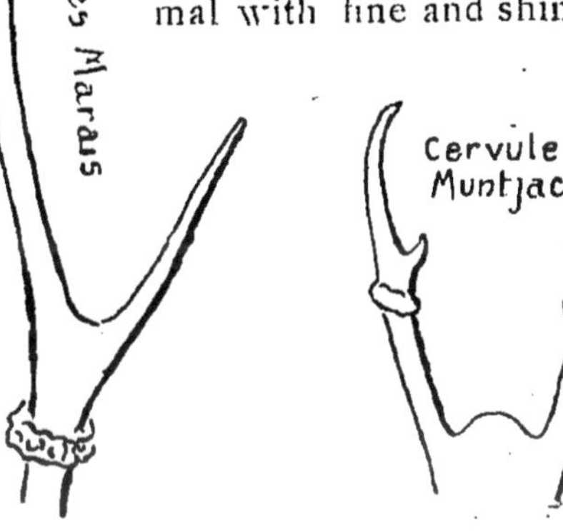

hair and a coat of light red, measuring about 60 cm. to the withers.

The male of cervule Muntjac bears small horns of 10 to 14 cm., prominent bony protuberances.

The *Trajule Javanicus* (native : *Scatt)* is rarely higher than 20 cm. Its hair is of a brown more or less reddish, and neither the male nor the female bears any horn on its head.

Among the porcines, you meet the wild boar with white striped

20 cm. en hauteur. Son pelage est d'un brun plus ou moins rougeâtre, et le mâle, comme la femelle, ne porte sur la tête aucun trophée.

On rencontre parmi les porcins le sanglier à joues rayées de blanc *(sus vittatus Müll)* que les moïs appellent communément *Djirké*, et dont certains spécimens arrivent à peser *150* kilos et plus. Il existe aussi une variété de cochon sauvage à poils rares assez répandue à l'altitude de 1000^m.

Les dessins donnés des différents massacres, extraits d'un ouvrage de M. le Garde Général des Forêts Millet, permettent de reconnaître les diverses espèces de bovidés et de cervidés.

Le menu gibier à poils et à plumes est représenté par le lièvre, les perdrix de plaine et de bois qui vivent isolées ou par couples, les cailles, les faisans, paons, poules et coqs de forêt, la sauvagine, les échassiers de marais, etc...

Les oiseaux, ainsi que les petits mammifères, sont également très nombreux et variés et peuvent intéresser les collectionneurs ainsi que les personnes qui chassent pour la Science.

La beauté des sites, la température relativement fraîche, et aussi la rareté des moustiques, rendent le camping très agréable.

cheeks (commun moï name : *Djirke*) some specimens of which may weigh 150 kilos and more. At the height of 1000^m you often meet a variety of wild pig with rare hair.

The designs given of the different massacres, extracted from a work by M. Millet, General Forests Cuard, allow to recognise the different kinds of bovides and cervidés.

The small game with hair or feathers is represented by the hare, the plain and wood partridges that live single or by couple, quails, faisants, peacocks, wood-hens and cocks, wild ducks (sauvagines), wading birds of marshes.

The birds as well as the mammiferous are also very numerous and of varied kinds, and may be interesting to collectors and to persons hunting for Science.

The beauty of the sites, the rather fresh temperature and the lack of mosquitoes make the camping very pleasant.

Hunting-season. — February, march, april, may are the best time for hunting. During these months, it rains very little and, owing to the bush-fires, the ground has become easy for walk and free for sight.

In this season, you may get fine specimens of cervidés and also hunt

Saison de chasse. — La saison de chasse la plus favorable est celle qui correspond aux mois de février, mars, avril et mai.

Durant ces mois, il pleut très peu et les feux de brousse ont rendu à peu près partout le terrain facile pour la marche et découvert pour la vue.

On peut, à cette saison, se procurer de jolis spécimens de cervidés et chasser aussi avec succès le grand et le menu gibier.

Octobre est également une excellente époque pour chasser les grands animaux, mais ce mois est toujours très pluvieux ; les cours d'eau dé-

small and forest game successfully. October is also a very good time for hunting forest game, but this month is always very rainy ; the streams overflow and their growth often oblige the travellers to change their itineraries.

BUFFLES MOÏS AUX ENVIRONS DE DALAT Cl. Décolly.

License. — The shooting-licenses are delivered by the Chief Province officer of the Lang-Bian. Several combinations are possible, depending on the time sportsmen have for hunting, and accounting the number and the kinds of animals they wish to slay.

The prices of these shooting licenses are shown in the Rules rela-

bordent et les crues obligent souvent le voyageur à modifier ses itinéraires.

Permis. — Les permis et les licences de chasse sont délivrés par le Résident Chef de Province du Lang-Bian.

Plusieurs combinaisons sont possibles, suivant le temps dont disposent les sportsmen pour chasser, et en tenant compte du nombre et des espèces animales qu'ils désirent abattre.

Les prix de ces permis et licences sont indiqués au Règlement de la chasse annexé au présent guide.

Terrains de chasse. — Pour le choix des terrains de chasse on pourra consulter la carte cynégétique jointe à cet ouvrage.

D'une façon générale on trouvera les animaux cherchés dans les zônes indiquées, mais il se pourra aussi que le gibier soit momentanément plus rare dans un district désigné que dans un autre, suivant que la brousse de tel terrain aura ou n'aura pas été incendiée nouvellement, les feux périodiques influant beaucoup sur le mouvement du gibier.

Organisation des chasses et tarif du personnel. — Il n'existe pas encore d'Agences de Chasse au Lang-Bian, et, jusqu'ici, les grandes expéditions ont été organisées par les soins de l'Administration ; mais,

ting to hunting added to this Guide.

Hunting-grounds. — For the choice of the hunting grounds, you have to consult the cynegetic map joined to this work.

Generally, in the indicated zones, you will find the animals you search but the game may be momentarily rarer in one designated district than in another ; it depends on the bush of the ground having or having not been set on fire recently, as the periodical fires have great influence on the movements of the game.

Organization of huntings and tariffs of the personnel. — Hunting Agencies are not yet to be found, and up to now the great expeditions have been organized by the care of the Government ; but on account of the always increasing number of sportsmen these ones can not be assured that the Government will in the future provide them with official leaders having to take care of the hunting organization.

Therefore, Sportsmen will have to organize their expeditions through the forest by their own means. But the Government can provide them with the wanted bearers, if they ask for them beforehand to the Province Chief.

Persons wanting camping will have to take with them material

vu le nombre toujours croissant des touristes chasseurs, ceux-ci ne peuvent être assurés que le Gouvernement continuera à leur fournir des guides officiels chargés de l'organisation des chasses.

and food. They must also provide themselves with cooks and boys that would not be easily found on the spot.

Annamits get more easily accustomed to camping life than Chinese

CHASSE AU GAUR, 1915 Cl. Reich.

MM. les sportsmen devront donc s'attendre à organiser, par leurs propres moyens, leurs expéditions à travers la forêt.

L'Administration pourra, toutefois, leur procurer les porteurs nécessaires, lorsqu'ils en feront la de-

and are less inclined to illnesses, but you will seldom find any talking english, so we advise those who live in India and Hongkong to take their people with them.

An annamit or chinese cook gets for camping 30 or 40 piastres a

mande, à l'avance, au Chef de Province.

Les personnes désirant faire du camping devront apporter avec elles le matériel et les vivres nécessaires.

Elles devront également se munir de cuisiniers et de boys car elles en trouveront très difficilement sur place.

Les Annamites s'habituent plus facilement que les Chinois à la vie de camping et sont moins exposés aux maladies, mais il est fort rare d'en trouver parlant l'anglais, aussi conseillerons-nous aux personnes habitant les Indes ou Hongkong d'amener avec elles leur personnel.

Un cuisinier annamite ou chinois se paie, pour le camping, de 30 à 40 piastres par mois, et un boy de 25 à 30 piastres ; on leur assure la nourriture.

Il est également nécessaire, pour les longues expéditions, de s'adjoindre un caï, chef de Safari (caravane de chasse, en anglais) ou headman, qui sera chargé de répartir les charges, de s'occuper des porteurs, dresser les tentes et veiller aux corvées du camp.

On pourra, pour ce service, choisir un annamite du pays qui, le cas échéant, servira d'interprète franco-annamite.

Il n'est pas nécessaire qu'il connaisse les dialectes moïs en usage au

month, and a boy 25 or 30, food being included.

It is also necessary for long expeditions to take a caï, chief of Safari (english : hunting caravan), or headman, who will have to divide the different occupations, to look for bearers, to erect tents, and to see to the camping work.

For this service, you may choose an Annamit of the country who, if necessary, will do as franco-annamit interpreter. He has not to know the moïs dialects spoken at the Lang-Bian, for nearly every moï understands the annamit language. A good caï gets 25 to 30 piastres a month ; they have to give him food at the camping.

The drivers are always moïs. There are very good ones but they are very rare, and people living in the Maltese Peninsula ought to take their own drivers.

In that case you take such Moïs who know the hunting grounds and can serve as guide. The best Moïs drivers get $ 0,80 to 1 $ 00 per day, plus a primium for each animal they slay, if they have well worked. Moïs bearers get a salary of about $ 0.02 cents per kilometre (administrative tariff). They have to provide themselves with food. When they are more than 5, you have to increase their salary until over ten kilometres, in order to avoid trans-

Lang-Bian, car presque tous les Moïs comprennent la langue annamite.

Un bon caï se paie de 25 à 30 piastres par mois ; on lui doit la nourriture au camping.

Les traqueurs sont toujours recrutés parmi les Moïs. Il y en a de très

porting copper coins with you. Each Moïs can carry a charge of about 15 kilos more than the weight of their food. Loads are generally prepared for two men ; in that case they have an average weight of 30 kilos.

CHASSE AU BŒUF SAUVAGE Cl. Reich.

bons, mais ils sont fort rares et il est également préférable, pour les personnes résidant dans la Péninsule Malaise, d'amener avec elles leurs traqueurs.

Dans ce cas on se sert des Moïs connaissant les terrains de chasse et qui remplissent les fonctions de guide.

Les meilleurs traqueurs Moïs se paient de 0 $ 80 à 1 $ 00 par jour, plus une prime par tête d'animal abattu lorsqu'ils ont bien travaillé.

Les porteurs Moïs touchent un salaire d'environ 0 $ 02 cents par kilomètre (tarif administratif). Ils assurent eux-mêmes leur nourriture.

Lorsque les unités dépassent 5, on arrondit leur salaire jusqu'à la dizaine de kilomètres au-dessus, pour éviter de transporter avec soi de la monnaie de billon.

Les Moïs peuvent porter chacun une charge d'environ 15 kilos en plus du poids de leur nourriture.

Les charges sont faites habituellement pour deux hommes ; dans ce cas elles sont donc de 30 kilos en moyenne.

Les Moïs sont bons marcheurs et peuvent parcourir facilement dans une journée 15 à 20 milles (25 à 30 km.).

Il est indispensable de porter avec soi une certaine quantité de monnaie en pièces de 10 et 20 cents,

Moïs are good walkers and able to go over 15 to 20 miles (25 to 30 km.). It is indispensable to carry with you a certain quantity of monney in 10 and 20 cents coins, Moïs accepting no paper.

When camping, you must have at your service about 10 coolies for the ordinary work in the camp, as well as for carrying the arms, photographic apparatus and the food for the daily excursions.

At camping, a coolie's daily salary is of 30 cents, administrative tariff. You take with you two or three Moïs per gun in plus of the drivers, these ones generally carrying only their master's arm.

If you hunt in a region where villages are rare or scarcely peopled, then it is best to keep always the number of necessary coolies so as to be able to displace the camp, without forgetting to think of the eventual weight of the trophies. About that and before starting, you will have to take informations from persons well acknoledged with the country. During the camping, the coolies generally get the meat of the game shot as well as tobacco and matches.

Annamits and Moïs are good-tempered and do not often discuss over given orders ; but when you give them some work to do, they have to be surveyed, otherwise it

les Moïs n'acceptant pas la monnaie de papier.

Il est nécessaire, lorsque l'on campe, d'avoir à son service une dizaine de coolies pour les menues besognes du camp ainsi que pour porter les armes, les appareils photographiques et les vivres au cours des sorties journalières.

Au camping, le salaire journalier d'un coolie est de 30 cents, tarif administratif. On emmène avec soi deux à trois Moïs par fusil en plus des traqueurs, ceux-ci ne portent habituellement que l'arme de leur maître.

Si on chasse dans une région où les villages sont rares ou peu peuplés, il est alors préférable de garder constamment le nombre de coolies nécessaires pour pouvoir déplacer le camp, sans oublier de tenir compte du poids éventuel des trophées.

On devra prendre des renseignements à ce sujet, avant de se mettre en route, auprès des personnes connaissant le pays.

Au camping, on distribue généralement aux coolies la viande provenant des chasses, ainsi que du tabac et des allumettes.

Les Annamites et les Moïs sont doués d'un caractère souple et discutent rarement les ordres donnés; mais il est bon, lorsqu'on leur confie un travail, de les faire surveil-

will be only half done or take a very long time.

On most of the hunting grounds you can go on horseback or the horses may follow you for the return to the camp. You can buy or let horses in the country, but it is necessary to think about it beforehand. The cost of horses in moï land varies from 30 to 50 piastres, but there small size renders them not convenient to Europeans. The persons wishing to go on horseback will have then to provide themselves with horses either at Saïgon or on the Coast of Annam where horses are necessarily more expensive than in the heart of the country.

Tent and camping. — The ordinary tent may be used for camping, but shelters erected on the spot will afford you a better lodging.

Wood will be found everywhere for camping, and in a few hours Moïs are able to erect a hut for two or three persons, a kitchen and a shelter for the boys.

Several superposed layers of herbs may serve as roof, but you had better take rectangles of waterproofed canvass measuring 4 to 5 m that would fit as an efficacious roof against rain and sun.

From the month of april, it is

ler, sinon ils ne le font qu'à demi ou bien ils y mettent un temps infini.

On peut aller à cheval sur la plupart des terrains de chasse ou faire suivre les montures pour le retour au camp. On peut trouver à acheter ou à louer des chevaux dans le pays, mais il est nécessaire de s'y prendre à l'avance.

Le prix des chevaux en pays moï varie de 30 à 50 piastres, mais leur petite taille fait qu'ils ne conviennent généralement pas aux Européens.

Les personnes désireuses d'aller à cheval devront donc se procurer des montures, soit à Saigon, soit sur la Côte d'Annam où les chevaux sont nécessairement plus chers que dans l'intérieur.

Tente et campement. — On peut employer la tente ordinaire pour le camping, mais on sera beaucoup mieux logé dans les abris construits sur place.

On trouve partout du bois pour dresser un camping et l'on peut, en quelques heures, faire monter par les Moïs une case pour deux ou trois personnes, une cuisine et un abri pour les boys.

Pour la couverture, on peut employer des herbes dont on dispose plusieurs couches, mais il est préférable d'emporter avec soi des rec-

absolutely necessary to use these canvass or tents on account of possible storms.

Though there are very few mosquitos on the Lang-Bian tablelands, a good precaution will be to use mosquito-nets.

Material for camping. — As for materials you must get a folding-bed with a light mattress or a stuffed mat, a pillow and two woolen blankets ; the whole wrapped in a water-proofed canvass.

Add to that a folding-table, a folding-stool, a tub, canvass-basins and pales, acetylene lamps, a cooking set in aluminium or in enamelled iron, kitchen utensils with two water kettles, food-boxes, thermos bottles and a water filter, a 70 × 50 sheet iron to preserve the food against smoke, a small iron oven and table and kitchen linen ; arms cleaning case ; a water can with a strap, an opera-glass ; water-proofed bags to wrap the hides, and during the rain season oil-cloth to cover the luggages ;

saddles and ropes for horses ;

a tool-case, a ribbon double-meter ;

Two hoes for hoeing the ground, a portable pharmacy, thorn-nippers, flat nippers, knives to cut up, hatchets, a recipient of waterproofed canvass of 1^{m} 20 × 80 × 60, as well

tangles de toile imperméable mesurant 4 à 5 mètres, qui formeront une toiture efficace contre la pluie et le soleil.

L'emploi de ces toiles ou des tentes est indispensable à partir d'avril, à cause des orages possibles.

Bien qu'il y ait peu de moustiques sur les plateaux du Lang-Bian, l'emploi de la moustiquaire est néanmoins à recommander.

Matériel de campement. — Comme matériel de campement on se munira d'un lit pliant avec mate-

as chemical products for persons knowing how to prepare hides; calcium carbide for lamps, grease for boots, soap for washing the linen, coarse salt, tobacco and matches for natives.

TIGRE TUÉ A L'APPAT — Cl. Décolly.

Head-dress, clothing and shoes. — A helmet is not indispensable, a thick felt-hat will do; yet both can be taken, but avoid wearing a white helmet.

Kaki or coloured linen clothes are the most convenient.

Provide yourself also with a cloth

las léger, que l'on peut remplacer pa une naite matelassée, d'un oreiller et de deux couvertures en laine ; le tout enveloppé d'une toile imperméable.

Il faut, en outre, une table pliante, un siège pliant, tub. cuvettes et seaux en toile, des lampes acétylène un matériel de popote en aluminium ou en fer émaillé, des ustensiles de cuisine, comprenant, en outre, deux bouilloires à eau des boîtes à aliments. bouteilles isolantes et filtre à eau, une plaque en tôle de 70 × 50 pour préserver les aliments de la fumee, un petit four en tôle et du linge de table et de cuisine ; un nécessaire pour nettoyer les armes, un bidon à eau avec courroie, une jumelle ; des sacs en toile imperméable pour envelopper les peaux, et, en saison des pluies, des toiles cirées pour couvrir les bagages ;

des selles et des cordes pour les chevaux ;

une trousse à outils, un mètre double à ruban ;

Deux houes pour gratter la terre, une pharmacie portative, une pince a épines, une pince plate, des couteaux à dépecer. des hachettes, un récipient en toile imperméable de 1m20 × 80 × 60. ainsi que des produits chimiques pour les personnes au courant de la préparation des peaux ;

garment, a woolen sweater for the evening, a good waterproof and breeches in water-proofed stuff to preserve the legs against the dew.

You have to take with you two or three pairs of strong shoes with thick soles with nails allowing to climb easily the slopes and giving more security for walking in rainy weather as well as on pebbly grounds

With strong boots, wear also woolen socks so as to avoid blisters and excoriations at your feet.

The leggings that protect the legs against wood-leeches allow not to make any noise in walking.

You may also take a pair of strong linen shoes for resting, with rubber or string soles if you are on the watch or nearing the baits or snares.

Iron or wooden boxes doubled with tin for your clothes and munitions will be very useful especially in the rainy season.

Food. — Except for bacon and ham, tinned meat is often useless, and you have only to take with you for the camping preserves of fish, vegetables, dried and cooked fruit, pastes, some flour, dried vegetables and condiments.

Every food box must be numbered, and to make searches easier you have to write carefully a list

Du carbure de calcium pour les lampes, de la graisse à chaussures, du savon pour laver le linge, du

TROPHÉES D'UNE EXPÉDITION DE CHASSE AU LANG-BIAN

gros sel, du tabac et des allumettes pour les indigènes.

Coiffures, vêtements et chaussures. — Le casque n'est pas indispensable et un chapeau de feutre épais sera suffisant ; on pourra, néanmoins, prendre les deux, mais on évitera de porter un casque blanc.

of the food boxes bearing in a visible manner the number and the contents of every parcel, the weight of which must not exceed 35 kilos.

Armament. — Gun and munitions import have been freely indulged in the region of the Lang-Bian.

There have been very often discussions about the use of small or big calibres ; opinions about that veing bery much divided, it would

Les vêtements en kaki ou en toile de couleur sont ceux qui conviennent le mieux.

Il est nécessaire de se munir, en outre, d'un vêtement de drap, d'un gilet de laine pour le soir, ainsi que d'un bon imperméable et de culottes en tissu caoutchouté pour protéger les jambes contre les fortes rosées.

Il est indispensable d'emporter avec soi deux ou trois paires de chaussures solides, à semelles épaisses, et garnies de clous qui permettent de gravir aisément les pentes et qui rendent le pied plus solide par temps de pluie et aussi dans les terrains caillouteux.

On porte également avec les fortes chaussures des chaussettes de laine et on évite ainsi les ampoules et les écorchures aux pieds.

Les bandes molletières, tout en protégeant les jambes contre les sangsues de bois, ont l'avantage de ne pas faire de bruit pendant la marche.

On peut se munir également d'une paire de souliers de repos en toile forte, avec semelles en caoutchouc ou en corde, pour les affûts et l'approche des appâts.

Pour contenir les vêtements et les munitions, des malles en fer ou en bois, doublées de fer blanc, rendent de grands services, surtout en saison des pluies.

be better not to recommend the ones rather than the others. But to sportsmen who would not have had yet the opportunity of hunting in Indu-China we can assure that they will find satisfaction in using a magazine rifle, a double rifle, a gun of the calibre 12, a light rifle calibre 22 for the camp, and a pistol of strong calibre.

Here are some particulars about the munitions a good sportsman wants for one month hunting :

	cartridges
For a magazine rifle..........	80
For a double rifle...........	20
For a shot gun........... ..	50
For a rifle calibre 22	200
For a pistol	20

(of which 6 big lead and lead n° 7 or 8).

These figures can naturally vary with differences in more or less, according to the size of the animals the hunter wants to chase; but the quantities indicated above, about cartridges, are insufficiant for an ordinary chase of forest and middesized game ; they may be reduced by a third if there are several hunters.

Luggages and material forwarding. Dalat being the starting point for the safaris, the forwarding of parcels and luggages must be effected for Dalat and a

Les vivres. — A part le lard et le jambon, les conserves de viandes sont souvent inutiles et l'on pourra se contenter d'apporter pour le camping des conserves de poissons, de légumes, de fruits secs ou cuits, des pâtes, de la farine, des légumes secs et des condiments.

Chaque caisse de vivres doit être numérotée et, pour faciliter les recherches, il est nécessaire d'établir avec soin une liste des caisses à vivres sur laquelle figureront le numéro et le contenu de chaque colis, dont le poids ne doit pas dépasser *35 kilos.*

Armement. — L'entrée des armes et des munitions est libre dans la région du Lang-Bian.

L'emploi des petits ou des gros calibres ayant trop souvent donné lieu à des controverses, nous estimons qu'il serait prétentieux de vouloir préconiser tel calibre plutôt qu'un autre, les avis étant très partagés à ce sujet. Néanmoins nous pouvons assurer aux sportsmen qui n'auraient pas encore eu l'occasion de chasser en Indochine, qu'ils se trouveront bien de l'emploi d'une carabine à magasin, d'une carabine double et d'un fusil calibre 12, d'un léger Riffle du calibre 22 pour le camp, et d'un pistolet de fort calibre.

Quant aux munitions, voici à titre

few days beforehand. The expedition must always be for Dalat station.

Expenses. — The cost of a hunting expedition to the Lang-Bian varies of course, according to the wants of comfort of the sportsmen, and we can not give the exact prices of their expenses. Those can vary with, or even against the tourists' wishes.

But we can assert that hunting expeditions in Indu-China are less expensive nowadays than in English East Africa, and we value that for one hunter the expenses for one month chasing can go up to 300 or 500 piastres, Saïgon being the starting point; therein are not included material buying, food, cost for hotel and servants, and the price for gun-licenses.

But as well as a prodigal person fond of comfort and luxury can exceed these expenses, a modest

d'indication, et en comptant largement, les quantités que peut emporter un bon tireur pour un mois de chasse :

	cartouches
Pour une carabine à magasin.	80
Pour une carabine double....	20
Pour un shot gun	50
Pour un Rifle calibre 22.....	200
Pour un pistolet	20

(dont 6 chevrotines et plomb n° 7 ou 8).

Ces chiffres peuvent naturellement varier avec des différences en plus ou en moins suivant la taille des animaux que le chasseur se propose de tirer. mais les quantites de cartouches à balle ci-dessus indiquées sont très suffisantes pour une chasse normale au grand et moyen gibier ; elles peuvent être réduites d'un tiers, sans inconvénient, lorsqu'on chasse à plusieurs fusils.

traveller can also reduce them notably.

Of course, the cost of safaris and camping will be less if there are several sportsmen.

A motor-car will be very advantageous to those who have not to consider expenses and who like to change their hunting grounds easily and will have to ascertain easy revictualling Carriages can be found at Dalat, or be sent from Saïgon.

Expédition des bagages et du matériel. — Dalat étant le point de départ des safaris, l'expédition des colis et bagages doit être faite pour Dalat et plusieurs jours à l'avance. On expédie toujours en gare de Dalat

Dépenses. — Le coût d'une expédition de chasse au Lang-Bian varie, naturellement, suivant le goût de confort des sportsmen et nous n'avons pas la prétention de donner ici des chiffres exacts de dépenses. Ceux-ci peuvent varier au gré des touristes et même contre leur gré.

Nous pouvons dire néanmoins que les expéditions de chasse en Indochine sont beaucoup moins coûteuses, actuellement, qu'en Afrique orientale anglaise, et nous estimons que, pour un fusil, les dépenses pour un mois de camping au Lang-Bian, déductions faites de l'achat du matériel, des vivres, des frais d'hôtel, de domesticité et du prix des licences, peut varier entre 300 et 500 piastres, départ de Saigon.

Mais, de même qu'une personne aux goûts dispendieux pourra dépasser ces chiffres, un voyageur économe pourra aussi les réduire notablement.

En chassant à plusieurs fusils, les frais de safari et de camping seront nécessairement réduits.

Lorsque la question d'argent ne sera que secondaire et si l'on veut avoir toutes facilités de se déplacer pour changer de terrains de chasse, en même temps que pour s'assurer un ravitaillement facile, une automobile rendra de grands services.

On peut trouver à louer des voitures à Dalat, ou en faire expédier une de Saigon.

TABLE DES MATIÈRES

Bergerac. — Imp. Générale (J. Castanet), place des Deux-Conils.

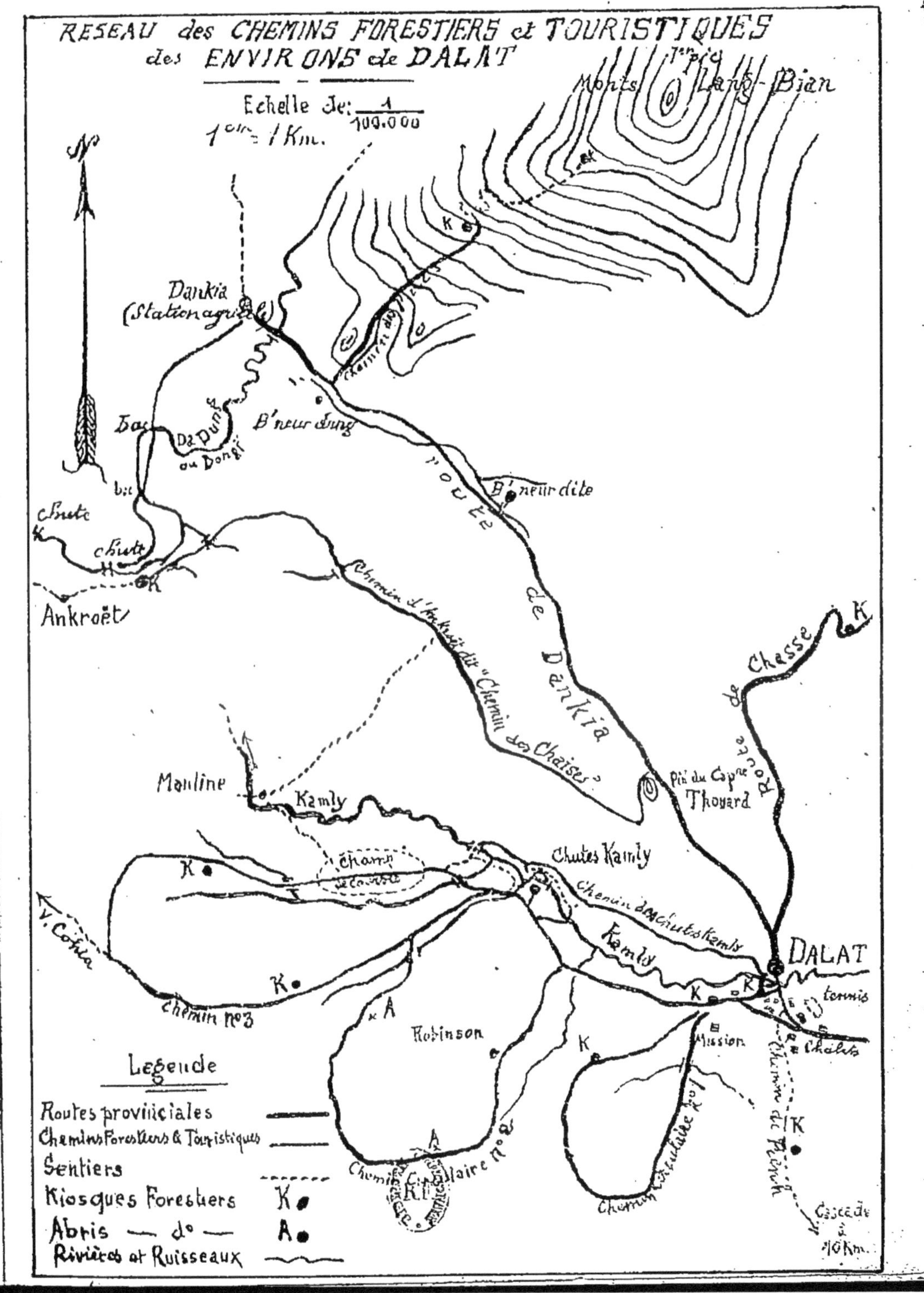

RESEAU des CHEMINS FORESTIERS et TOURISTIQUES
des ENVIRONS de DALAT
Echelle de: 1/100.000
1 cm = 1 Km.
N
Monts Lang-Bian
Dankia
B'neur dite
Route de Dankia
Chemin d'Ankroët dit "Chemin des Chaises"
Chute
Ankroët
Manline
Kamly
Champ de course
Chutes Kamly
Chemin des chutes Kamly
Kamly
DALAT
tennis
Mission
Chalets
v. Cohia
Chemin No3
Robinson
Chemin No 1
Cascade à 10 Km.
Route de Chasse
Thouard
Legende
Routes provinciales
Chemins Forestiers & Touristiques
Sentiers
Kiosques Forestiers K
Abris — d° — A
Rivières et Ruisseaux

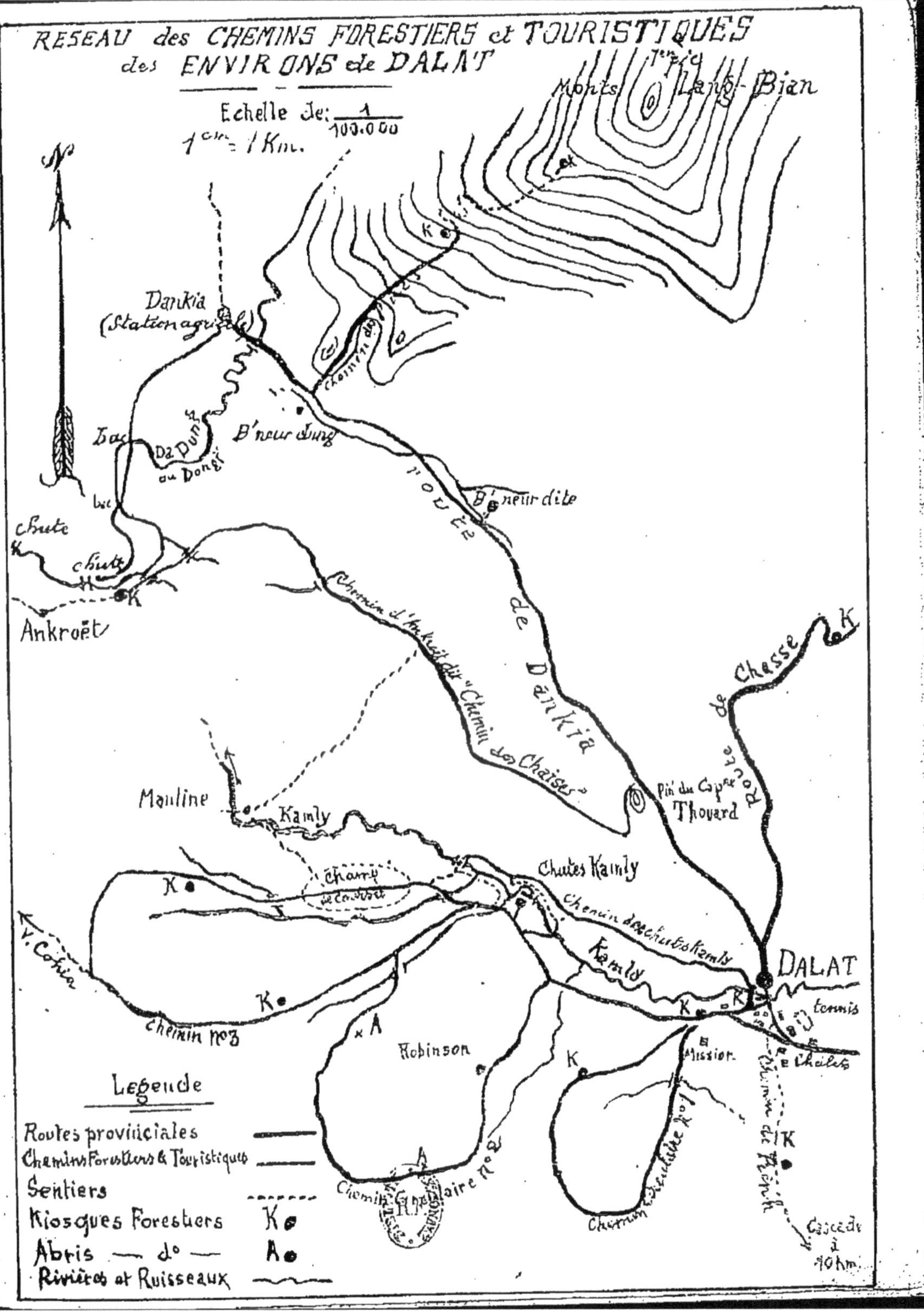

RESEAU des CHEMINS FORESTIERS et TOURISTIQUES
des ENVIRONS de DALAT
Echelle de: 1/100.000
1 cm = 1 Km.
N
Monts Lang-Bian
Dankia
(Station agricole)
B'neur dung
Da Dung
ou Dongi
Bac
Chute
chute
K
Ankroët
Route de Dankia
Chemin du Lang-Bian
B'neur dite
Chemin d'Ankroët dit "Chemin des Chaises"
Pin du Capne Thouard
Route de Chasse
Mouline
Kamly
Chutes Kamly
Chemin des chutes Kamly
Kamly
DALAT
tennis
Chalets
Mission
Robinson
Chemin no 3
Chemin Circulaire no 2
Chemin Circulaire no 1
Cascade à 10 km.
Legende
Routes provinciales
Chemins Forestiers & Touristiques
Sentiers
Kiosques Forestiers K
Abris — d° — A
Rivières et Ruisseaux

PROVINCE DU LANG BIAN

TABLEAU DES DISTANCES

	K^m	
PAR VOIE FERREE		
Saigon Malam	197	362
Malam-Tour-Cham-Krongpha	165	
PAR ROUTES		
Malam-Djiring-Dalat	157	
Krongpha-Dran-Finnon-Dalat	80	
Dran-Dalat par A. Broyé	34	

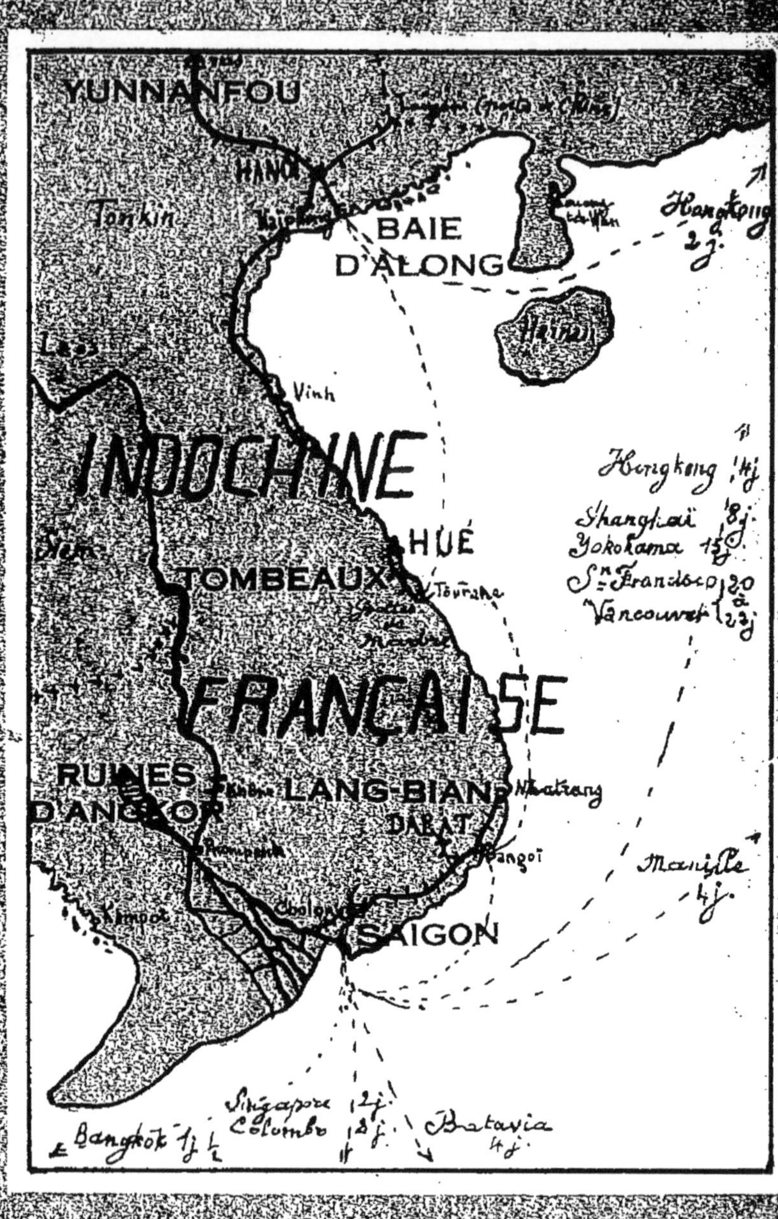
YUNNANFOU
HANOI
Tonkin
BAIE D'ALONG
Hongkong 2j.
Laos
Vinh
INDOCHINE
Hongkong 4j
Shanghaï 8j
Yokohama 15j
Sn Francisco 20 à 22j
Vancouver
HUÉ
TOMBEAUX
Tourane
FRANÇAISE
RUINES D'ANGKOR
LANG-BIANG
Nhatrang
DALAT
Manille 4j.
Kampot
Cholon
SAIGON
Singapore 2j
Colombo 8j
Batavia 4j
Bangkok 1j ½

www.ingramcontent.com/pod-product-compliance
Ingram Content Group UK Ltd.
Pitfield, Milton Keynes, MK11 3LW, UK
UKHW020934180726
13838UKWH00002B/937